禁/咒/師/之
都城管理者前傳

舒祈的靈異檔案夾

蝴蝶Seba 著

古依平 繪

藏愛插圖版

作者序 *Preface*

在某個閒適的，微晴的午後。

得慕看著不修邊幅，頭也不梳，光著一張睡眠不足的臉的舒祈，嘆了口氣。

「我覺得老讀者說得對。」她微微有點悲傷，「記得剛認識妳的時候，妳還是有點矜持、愛美、會傷春悲秋的超資深少女……容貌其實沒有變化，但已經完全是個歐巴桑了。」

「是哪個老頭老太？」舒祈對著電腦打字，連頭都沒抬，「朕恩准他三尺白綾，不用謝了，都這麼久的交情。」

「…………」

將手裡的檔案弄完存檔，轉頭看到得慕依舊一臉納悶與惋惜，舒祈嘆息了。

「因為異次元那個蝴言亂語的作家寫《舒祈的靈異檔案夾》的時候，我還年輕，剛當管理者不久……誰沒有年輕矯揉造作的時候啊？……說到這個我就想發個牢騷，時空管理局或者叫做大道之初的垃圾組織皮綳緊一點好嗎？資料不要隨便外洩啊喂!!結果讓個三流作家隨便亂寫!!隱私何在？尊嚴何在啊!?」

「慢著，」得慕趕緊阻止，「破框了，舒祈，妳居然打破次元壁了！別別別，我們已經舉世皆敵，不要再拉異次元的Boss好嗎？」她非常生硬地轉移話題，「還是談談妳這些年的心路歷程吧？我相信不管是哪個次元的讀者都有興趣。」

「嘖，這有什麼好講的。」舒祈揉了揉額角，「年輕的時候，什麼都想要。美貌、漂亮衣服、名牌包包、好看的鞋子。完美的愛情，和諧的親情、友情，統統都放不下。

然後付出許許多多的努力，直到筋疲力盡，然後才發現，人生不如意十之八九。

討好了父母，討好了男朋友，討好了所有人，唯一最苛待的，就是自己。

天女選我當管理者的時候，我還沒完全想通。所以那時候的我，還是有點傻兮兮的矯揉造作，甚至還把個男人當成救贖和信仰。

然後我發現，這世界沒有什麼是永恆的。人要學會，放棄。」

舒祈對著得慕露出一個難得的、純淨的笑容。

「放棄對美貌的追求，頭頓吃飽飯是什麼感覺妳知道嗎？堪稱我人生最幸福的高光時刻之一。」

「放棄對愛的追求，我終於可以安心睡眠，不再擔憂失去愛情怎麼辦，失去親情怎麼辦，失去友情怎麼辦。」

「我對別人好了半輩子，終於自私了下半輩子——對自己好一點。」

「於是我變成現在的我。一個不修邊幅的歐巴桑。因為除了我自己，我再不想取悅任何一個人了，現在就是我最喜歡的樣子。」

得慕靜默地看了她一會兒，「……我不知道有人能把『懶』這回事說得這麼有理有據清新脫俗……唉呀，妳怎麼打我!?家暴啊！我要打一一九……還是一一三來著？我要罷工我告訴妳……再不住手我要打電話了！我真打了喔!!」

這是一個多雲微晴的溫暖午後。

目次 Contents

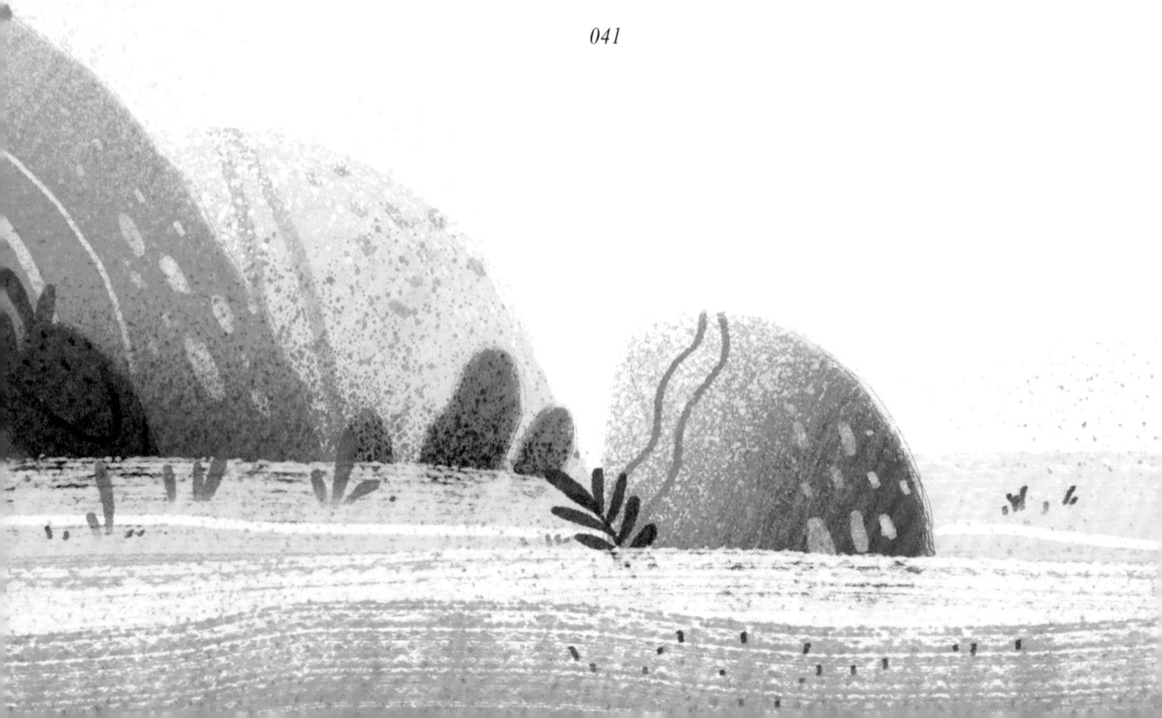

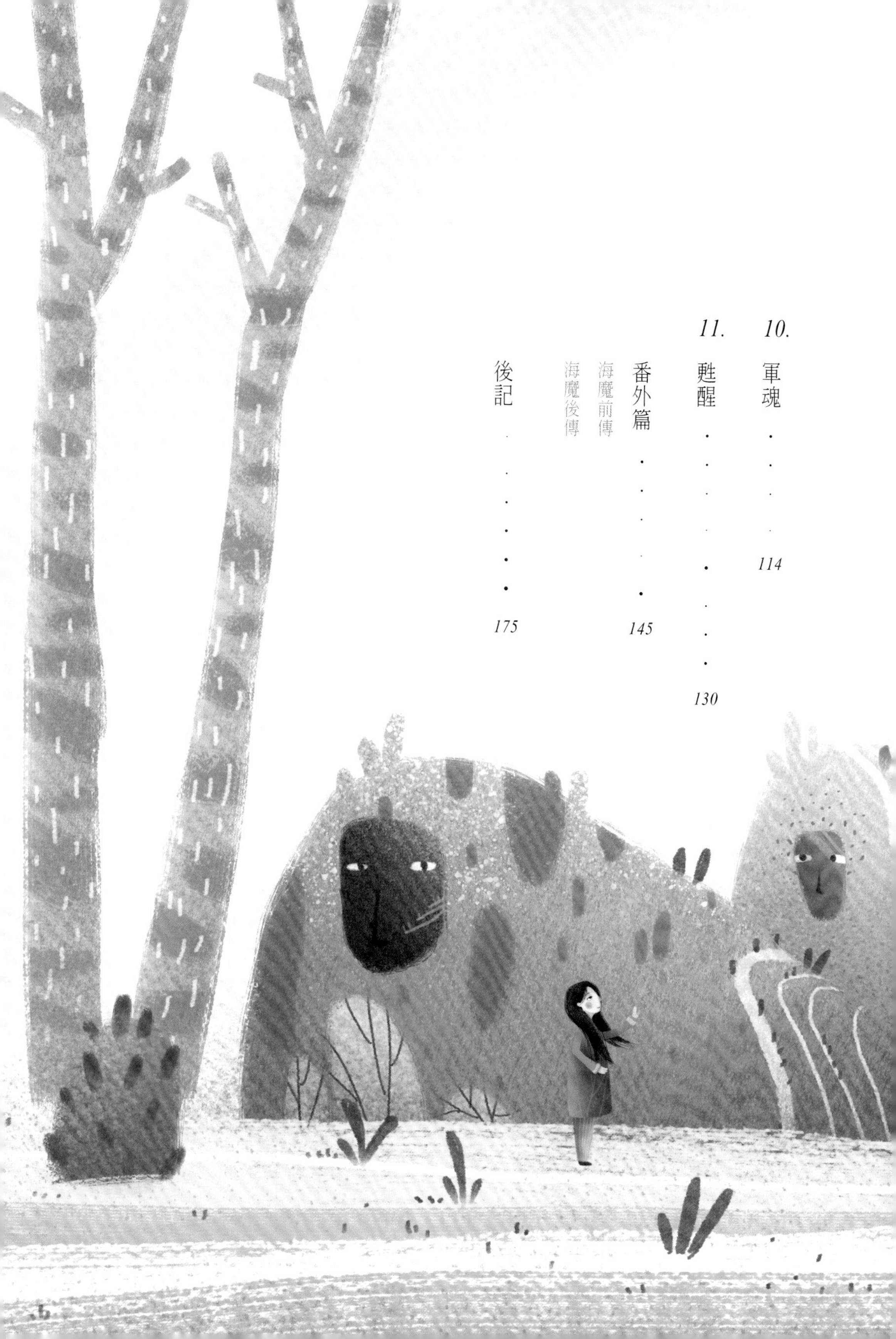

01. 永眠

她姓葉，葉舒祈。

在大部分的時候，她是個普通的女子。留著中長髮，整整齊齊的中分。原本在家規模不大的印刷公司當電腦排版，剛好公司遷廠到龍潭去，她也就沒有選擇地成了SOHO族。

公司雖然沒有付資遣費給她，卻把北部的一些客戶留給她。這些小小的散戶雖然沒有什麼油水，但是勉強維持她的生活，已經算不錯了。

二十七歲的她，在鄰居的眼裡是安分守己的好女孩，但是在網路上則不。

因為工作的關係，她學習電腦的時間很早，但是真的熟悉網路，還是二十五歲那年的生日，買新電腦時送的二十小時SEEDNET起的因由。

剛失戀的她，一頭栽進網路虛擬性愛的狂飆中，過著日夜表裡不一的生活。

快樂嗎？快樂的。

但是如同她出現時那麼狂放而突兀，突然消匿了蹤影，也讓原本的情人們相當憶念。

「若不是這樣地憶念著妳，怎會剩下魂魄，還不遠千里的前來相會咧？」承和笑著說。

「也不要把我的客人嚇跑。」舒祈皺著眉頭。

她的工作室生意向來穩定，這種穩定，不僅僅因為她負責誠懇的工作態度，也因著她特別的本事。

舒祈擅長占卜。但是除了自己的客戶，她鮮少讓任何外人知道。

許多老客戶貪著她的指點迷津，即使現在的規模大到不是舒祈能應付的，他們還是會留下一些簡單的ＤＭ來拜託舒祈。

但是今天來送件的小姐，卻被貼在螢幕內側打招呼的承和嚇得魂飛魄散。

「沒辦法，遇到熟人嘛！她以前是我的這個唷！」承和賊賊的笑著，伸了伸小指頭。

「是啊是啊，情人情人滿天下，有縣市就有她。」舒祈喝口咖啡，無奈著，「為了不讓你的情人們跑光，趕緊回到自己的身體裡如何？這樣植物人下去，瑞德是會跑掉的唷！」

「她才不在乎哪！」承和走到螢幕的最內角，身後虛擬的影子拖得很長，「哪，妳看，她正在聊天室和人家大談新打獵到的情人呢！」

自動切換視窗到ＢＢＳ的聊天室，果然看見瑞德活躍的樣子。

「而且，我的身體已經不行了……我聽醫生說，我的腦細胞受到嚴重的創傷，所以……清醒過來可能會半身不遂……那還是……還是這個樣子就好了。」他垂下眼睛。

「撒嬌。」

「誰撒嬌了！」承和半個身體探出螢幕，吼著：「我真的回不去啊！」

舒祈只是淡淡地笑著。

這樣淡淡的笑容，讓承和也跟著微笑起來。

他還有車禍時的記憶。公車朝他兇猛地衝過來，那一刻，奇異地看到，世界上的一切都變成了黑白灰三色。

然後……然後只記得聽到自己額頭滴滴答答的聲音。

是血吧？流進他的眼睛裡，使得原本黑白的世界變成了緋紅。

其實是很好看的。醒過來時，發現自己居然離開了身體，到處遊走。

不會餓，也不會冷。但是不知道該去哪裡。

怎麼進入電腦的……他也不太有印象。只覺得電腦內部的通路很有趣，乘著電流，如飛般穿梭在網路上，也是相當過癮的事情。

網路上，每個電腦螢幕就像一扇扇的窗戶，他可以從窗口往外望。

直到他看到了舒祈，他才停下這種漂泊。

舒祈發現他從螢幕出來，沒有什麼訝異的表情，只說：「啊，又來一個。硬碟空間快爆了……又得買硬碟了……」然後在硬碟裡新增一個檔案夾，名字就叫作：「承和的永眠」。

承和真的就因此有了個天地，隨著自己的意念產生物件，搭建出自己的夢幻之家。偶爾，舒祈睡夢中會離開她的身體，來承和那裡作客。

「妳是少見的好情人。舒祈。雖然妳不是美人，但是妳對性愛是投入的、好奇的。只是，沒想到妳會像個初戀的小女生一樣，瘋狂地投入熱戀中，居然放棄了對性愛藝術的追求。」

即使只剩下魂魄，承和還是嘮叨個不休，舒祈也知道，他還是時常地跟隔壁檔案夾的女主人廝混。

漂浮在承和構建的，滿是船舶、航線圖、地球儀和海洋圖鑑的空間，靠著船首的美人魚

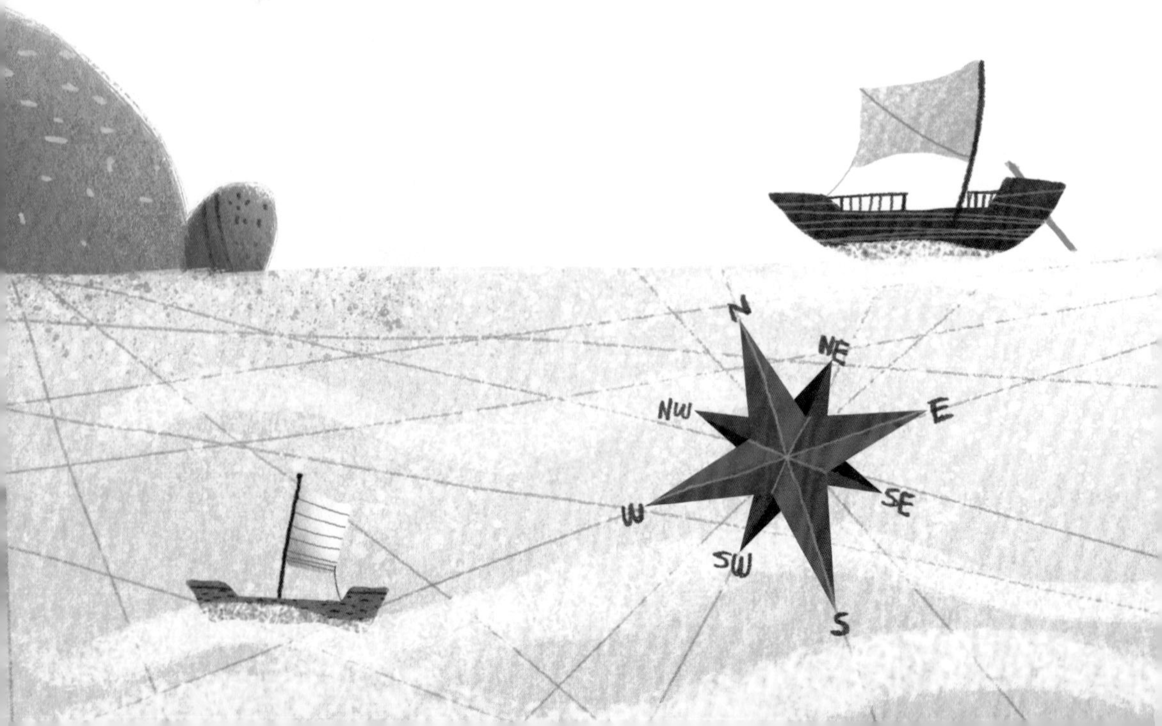

半身像坐著，舒祈安詳地微笑著，「對於愛情沒有免疫力的，不是我而已，承和，你不也是？」

「我？妳開玩笑嗎？我和瑞德的事情，妳不是最清楚嗎？」他也漂浮著，在吧台煮著咖啡，「我和瑞德雖然是男女朋友，但是我們彼此都是沒有約束的呀！她有一鐵達尼號的情人，我也有遍布全省二十二縣市的炮友，守貞？哈！」

趁著替她倒咖啡的時候，承和輕輕地撫著舒祈雪白的頸項，「妳太讓我失望了。為了無聊的愛情，錯過了多少樂趣。」

她輕輕隔開他的手，喝著香濃的咖啡，「那……回答我，為什麼聽到瑞德新情人的ＩＤ，承和的臉一下子漲紅了。「我只是不爽那個白爛而已。」他的聲音大了起來，背轉過去。居然下手循著電流，直接衝擊對方的Power，害人家的電腦爆了呢？」

喝完了咖啡，舒祈彎起溫柔的微笑。「承和，你多久沒回去看看自己的身體了？」

「反正回不去，有什麼好看的？」賭著氣，他背向著舒祈。

「哦？這樣啊……聽說瑞德還是常常去看那個不好看的身體唷！」飛到薄鐮刀般的新月上，無邪地看著承和。

他愣住了。已經一年多了，連他自己都放棄了那個日漸枯萎的身體。

「我才不相信。」他說。

「我帶你去看看。」拉著他的手，舒祈笑彎了眼。

離開「承和的永眠」檔案夾，乘著「撥號網路」，進入「MultiTerm」，順利地進入「椰林風情BBS站」。

聊天室，遊人如織。瑞德還在聊天室活躍著，為了不想被發現，承和換了個暱稱——「遺忘」。

舒祈睇了他一眼，承和當作沒看到。

瑞德正在大談她新任的可愛情人，承和的臉色越來越難看，舒祈則在聊天室吹著五彩的泡泡。

承和是個自私、粗魯、不懂得女人心理的男人。但是跟過他的女人，總是會記得他。也許，女人該死的母性，總是會在這個大男孩那種死命好奇的天真底下發作。

「你不懂愛情，承和。」舒祈糗著他。

「囉唆！」承和想走。

這個時候，瑞德發現了悄悄進來的舒祈，也悄悄地丟了個訊息給她。「舒祈……我昨天去看了承和……呵，他的神色還不錯，就是瘦了點。」

不錯？瘦了點？躺了一年多……木偶似的身體……骨瘦如柴……連他自己都不忍卒睹。

舒祈也悄悄地回了個訊息給她，「呵，妳常常去看嗎？」

「嗯，是啊！反正醫學不斷地在進步，承和總有一天會醒來吧？聽說有人躺了十幾年才醒來的耶！如果只是十幾年……那時我也還三、四十歲，我們還有幾十年可以相處說。」瑞德附送了個大大的微笑符號。

承和默然。透明的淚水沾溼了他沒有表情的臉。

「真的嗎？」舒祈也微笑。

「呵，妳可以和我比賽。我知道妳也常常去看他的。那個爛男人，居然有我們兩個女人這麼深深眷顧，他地下有知，也該知足了。」

「誰地下有知啊？」承和開口了。

「你啊，承和。你真的不懂愛情耶！」

「囉唆！」

電話鈴聲崩壞了睡夢的壁垣。

「糟了，我得走了，承和……」來不及斷線，舒祈醒了過來。接過電話，發現是他。

「今天好嗎？」就是這樣一聲簡單的問候，讓舒祈原本悲傷不安的心，舒緩開來。

「好。」因為聽到你的聲音。

電腦那頭的數據機仍明滅著，視窗定在聊天室內。承和在聊天室裡也是遊魂，親吻著沒有發覺的瑞德，悲傷地透空過去。

她的貓跳到膝蓋，輕輕嗚嗚一聲。抱著溫熱的貓身，她將螢幕關閉。在這難得的相處時刻，不想讓承和的哀傷傳染開來。

我們都不懂，只是身在其中。我們都沒有免疫力，只好不停地乒乓感染。

關於這場瘟疫，誰也無法倖免。

02.

母親

焚膏繼晷兩三天後，眼前已經有複影，沒空吃飯，光憑著優酪乳保存體力。

接到這筆生意，她心裡大大地喊了聲糟。這是相好的淑儀帶著哭聲來求助的工作，淑儀接了個標案合約，原先覺得工作尚在進度內，哪知道小女兒突然染了腸病毒，雞飛狗跳之餘，渾然忘得一乾二淨，臨到要交貨前一個禮拜，才不經意地翻出來。

「這合約打不出來，沒了以後的生意事小，但是這合約關係著客戶的生死，弄不出來，我可粉身碎骨也沒救了。」守著孩子好幾天的她，眼窩深深地凹陷出憔悴，「舒祈，我知道萬般為難，求妳趕一趕……」

這一趕，換舒祈眼窩凹陷出憔悴。

打完最後一個句號，她癱軟在鍵盤上。

累。但是因為太累了，血管裡的血液漱漱地流著，和著心跳一起響亮，連太陽穴都跳動助興。

居然睡不著。睜著滿是血絲的眼睛，覺得滿面同情的遊魂都比她好看。

「可憐……憔悴損，怎堪折摘？」螢幕出現的少女，吟著〈聲聲慢〉。

「得慕，妳的喪禮還熱鬧嗎？」舒祈發現自己還會虛弱地笑笑，斷定自己不會魂歸九天。

得慕微微一笑，「好歹我躺了六年。父母親都到場就很偷笑了，還敢期待什麼呢？」

「白馬王子來親吻可愛的白雪公主，順便接到天堂定居。」

「真幽默。」得慕嘿嘿冷笑，「白馬王子沒出現，不過天堂和地獄都派了人來挖角。」

「哇──」舒祈索性溜倒在地板上，兩眼無神地看著天花板，「挖角？」

「兩邊都要我去當引導人。」得慕從螢幕裡出來，緩緩地坐在舒祈的身邊，「吵成一團，跟靈堂吵死人的擴音器混在一起，蔚為奇觀。」

想像那種吵雜，舒祈噗地一聲笑出來。

「後來，有種聲音壓倒了他們的吵鬧，我的耳朵都快震聾了……」得慕伸伸舌頭。

「誰？打雷？」

「不，我媽媽的哭聲。邊哭還邊念，滿像孝女白瓊的。」得慕自己也笑了起來。

為了這種不應該的訕笑，相對沉默了一會兒。

得慕嘆了口氣，「我和母親永遠處不好。即使我好手好腳、腦筋清晰，她還是沒正眼看過我。媽媽只有弟弟一個孩子。雖然她延續了我植物人的生涯，卻日日在床頭埋怨不休，不只一次要我趕緊死一死，省得拖累弟弟，現在又哭得驚天動地，實在……不懂。」

「母親嘛！」舒祈心情也低沉了下來。

「母親嘛！又能怎樣？」得慕鬱鬱寡歡地抱著膝蓋，「天生有些父母跟孩子就是不合，這不是誰的錯。」

舒祈呻吟一聲，面朝下地趴在地毯上。「我母親憎恨我。」

「不會那麼糟吧？」得慕輕輕地攏著舒祈的長髮。

「妳看過我回去吃飯嗎？」

深深地獨居在距離母親兩條街的地方，怎麼樣都不敢回家。

「回家，總是無止盡的疲勞轟炸。對於我和她而言。」

嘆息著。也許母親也不懂，為什麼會這麼厭惡自己的女兒吧？也許，身為女孩子，在誕生的那一刻，她就註定了被怨恨的命運了。

從小，舒祈被寄養在與母親不合的祖母家，很久才見一次面。在幼小的舒祈眼底，母親是那個會問她很多奇怪問題，然後又不停生氣的好看婦人。

即使她已經過了兒童期，母親還會拿三歲時的回答跟任何願意聽的人抱怨：「說到我們葉舒祈，從小就愛哭，都是他們奶奶寵壞了……蛀牙……三歲了還要人餵……問她想不想我，居然說不想！要帶她回來台北，死都不肯，哭得好似我是後媽……」

這樣簡單的內容，她可以一連說兩個小時，像是壞掉的錄音帶不停地重複著。

上次聽到這些內容，是上上個禮拜天，替母親買東西回去時聽到的。非常厭煩。以前住在家裡，時時刻刻被母親監視著。有時她安靜地在自己房間看書或發呆，母親會悄悄打開一點點門縫，窺看她在做什麼，若是看漫畫或是睡覺，會惹來如雷的斥罵。

這種沒有預警的聲響，常常會驚嚇到她。這種驚嚇等到離開母親獨居，還常常害她在夢中彈起來，全身冷汗涔涔，終夜不得再成眠。

過去了。她常將手蓋在自己眼睛上面，過去了。

「妳不怕我們這票孤魂野鬼，倒是懼怕自己的母親。」得慕笑了起來，聲音卻也悲哀著。

舒祈一動也不動，睡熟了過去。得慕微笑著，替她拖了被子蓋上。回到舒祈替她做的檔案夾，得慕喜歡這個名字——「得慕的諮詢中心」。

在舒祈的世界裡，來往的生魂亡靈雜沓。她喜歡聽他們的煩難，給他們中肯的建議，教他們在舒祈的電腦裡構架自己的世界，安居樂業下去。

天堂？想去的人，得慕也會像旅行社的導遊般，替他們和天堂方面接頭。有些人走了，有些人喜歡得慕，留下來和她做相同的工作。

天堂和地獄都爭著要得慕去，就是看中她高超的諮詢和公關技巧。開玩笑。想當初她還半死不死，種在床上當植物人的時候，她哀求著上天堂，天堂的死亡司拒絕她；她想乾脆下地獄，地獄的罪魂部不肯收。

理由都是她還沒死。但是悽悽惶惶的遊魂，能夠去哪呢？人間漂蕩著喜歡吞噬遊魂亡靈好增加自己能力的惡鬼妖魔，許多人熬不到死的那一天，就被吞吃了，連轉生的機會都沒有。

若不是害怕地躲到自己家裡的電腦，循著光亮來到舒祈這裡，得慕早不存在了。

「得慕，妳這種行為不會被原諒的。」死亡司的天使緊張地抄著筆記，「妳們，妳和舒祈，這種模式，像是在人間成立天堂地獄外的第三勢力。」

得慕只橫了他一眼。

罪魂部只閉緊了嘴，匡啷啷地打著迷你型的手提電腦，抬起頭對著得慕一笑。

「得慕小姐，妳若改變主意，這是我的名片。」

接過名片，她笑了笑，罪魂部英俊的惡魔，對她行了漂亮的軍禮。

「我期待著舒祈小姐和您共同架構的第三勢力。」

呵呵……哪有什麼第三勢力？這一群可憐的人，能有什麼第三勢力？

天不管、地不收……

後來沒能交談下去，實在是母親的哭聲太吵了。在母親口裡，她是個沒用到了極點的人。

得慕笑著和世界裡的眾人打著招呼，幾位職工拿了文件追她。

「唉！我累了。參加自己的喪禮，是很累的事情。」

回到自己的房間，她開始費心地上鎖。一道又一道。從簡單的喇叭鎖到複雜的視網膜辨識系統，花了時間都設定好。

躺進遼闊沒有邊際的床，水色透明的蕩漾。她閉上眼睛，毋需擔心，母親……母親無法打開這麼多的鎖，從門縫裡偷看我。

頰上緩緩滑行著大顆的眼淚。

不是妳會驚跳而已，舒祈。

像是聽到了得慕的聲音，舒祈清醒了過來。

過了會兒，才發現，電鈴響了一陣子了。一

開門，是淑儀憔悴卻笑嘻嘻的臉。

「打好了。」雖然累得快掛了，舒祈還是微微地笑了一下子。

「謝謝。小女脫離險境了。」

「恭喜。現在誰照顧她？妳先生？」

淑儀僵硬了一下子，馬上滿面堆笑，「是。」

說謊。

等淑儀走了，舒祈坐起來，臉上木木的，望著前面。

舒祈曾經得過百日咳。那幾乎咳出血來的夜晚，母親都焦急地陪在身邊，整夜不寐。但是，不管怎樣的大病小病，父親除了嫌她咳得吵了他的睡眠，不曾看顧過。

所以，她從來不恨父親，因為對舒祈來說，父親只是陌生人。誰會恨陌生人？但是，母親……

她曾經多麼希望，母親抱她一抱，用跟妹妹說話的口吻，對著她說話。

但是母親的眼神總是困擾而內疚。她無法愛她，也為了無法愛她的事實驚慌不已，只好用更多更激烈的言詞糾正女兒，設法說服自己，這一切都是女兒不聽話的錯誤。

舒祈退避到牆角，木然。

然後，她對著虛空說話，「你現在在做什麼？不見面的這個月，你還好嗎？」

她開始想念愛她的人。為了母親拒絕愛她，舒祈得了愛的飢渴症……
大約永遠都無法痊癒。

03.

前塵

聽到門鈴的聲音，舒祈去開了門。

背上有著蝙蝠翼的有角惡魔，笑嘻嘻地拿著小甜點。她有點慶幸在別的正常人類眼中，不過看到個英俊黝黑的男性而已。

無知是種幸福。

「嗨！得慕在家嗎？」

舒祈在他的鼻尖兩公分處關上門。

「我說葉小姐，當著客人關門，是很沒有禮貌的。」嘮嘮叨叨地，惡魔透過了門扉。

「你來幹嘛？」得慕指著他的鼻尖，手臂顫抖著。

「當然是來表達我的愛慕之意囉！得慕小姐。」

「滾遠點！我已經表達了不願意去地獄的意願了吧？別靠近我！」

「不，這跟地獄的挖角行動無關，我只是單純地表達我強烈的愛意啊！真的，我對妳一見鍾情。」

「閃遠點！我討厭吃甜食。」

對於這些騷動，舒祈習以為常地充耳不聞。但是初來乍到的新遊魂不禁好奇地多看了幾眼。

「不會害怕嗎？什麼樣奇怪的非生物都在妳的家裡竄來竄去。」

「習慣了。反正活人都看不到這些吵鬧，別嚇跑了我的客人就好。」

新遊魂輕輕笑了一聲。

生前她大約是個美貌的女子，只是身體深種在病床，成為植物人的此時，她無辜的遊魂也只能隨著得慕的導引，來到這裡。

「什麼名字呢？我得幫妳做個檔案夾。」舒祈溫柔地笑笑。

「娟晴。」

舒祈在電腦上面做好了她的檔案夾。

「這個世界屬於妳了。妳可以隨心所欲地產生物件，盡量地讓自己愉快地生活下去。只要妳願意。過些時候，我來看妳。」

「謝謝妳收留我這個陌生人。」她道謝著，面凝憂愁。

舒祈在得慕和惡魔的吵鬧聲中工作，接待來收件和送件的客人，面不改色地排好幾張海報和ＤＭ，傍晚又排好一本書，筋疲力盡的得慕才把惡魔趕出去。

「哇！來自地獄的愛慕者耶！」舒祈連頭都不抬。

「靠！死舒祈，不幫我把他趕出去，居然還說風涼話。」

輕笑著，「妳不是挺樂在其中嗎？」

「聽妳鬼扯！咦？我帶回來的那個呢？」

「娟晴？我幫她弄好了檔案夾，讓她休息去了。怎麼搞的？車禍？」

「不是。上吊。缺氧太久了。」得慕嘆息，「真是笨，天下男人都死完了，就非別人的丈夫不可？」

舒祈這才停下手，呆呆地望著前面的牆壁。

「是嗎？」

睡了以後，舒祈去探望娟晴。

短短幾個小時，娟晴已經架構好了自己的世界。普通的小花園洋房，娟晴繫著圍裙，正在澆花。看見舒祈的到訪，愉快地揮了揮手。

走進起居室，赫然發現還有人在。

這個男人……就是娟晴心底的那一個？

只是個平凡的男人而已。身材普通，容貌普通，連表情都堅持著驚人的普通。

幾乎看不出有什麼特別的熱情或特出的性格，卻是娟晴自殺的原因。

那男人懷裡抱著個小小的嬰兒，眉目倒是像娟晴的。

虛構的人物和虛妄的場景，幾乎將娟晴的所有悲哀和卑微的希望展露無遺。

娟晴對著男人笑笑。他和孩子像是電動花燈似地轉過來，也對她笑笑。

不舒服的氣氛窒息著，舒祈站了起來，「娟晴，我們去廚房聊聊。」

娟晴笑著過來，倒了馥郁的咖啡。

「假的，對不對？這一切……但是……我覺得很好。」娟晴看起來像是很快樂。

「這個世界屬於妳。這裡，妳就是上帝。但是要當個自我欺騙的上帝，還是誠實的上帝，那就隨妳了。」

「妳說我自我欺騙？」娟晴的聲音尖銳了起來。「妳憑什麼這麼說？妳怎麼知道我的悲痛？我愛的人必須分給別的女人享用，差別只在於那個該死的女人比我早遇到他，替他生了小孩子而已。」

「妳不也有了小孩嗎？」舒祈望著她。

嘴唇顫抖著，娟晴說：「出去。」

「為了愛他，所以，妳拿掉了孩子吧？他大概說，將來和他老婆離婚後，就會跟妳結婚。到時候要生多少就有多少……」

「出去！」啪地一聲，舒祈的臉上出現了血痕。

沒有捂住傷口，任血緩緩地流下來。

「這些謊話，我聽過，也相信過。」舒祈離開了娟晴的檔案夾，在床上清醒過來。點點滴滴地滲到枕頭裡，一朵朵豔麗的櫻花。聞到了血的味道，得慕吃驚了。

「攻擊性這麼強……我們該加層保護，不讓她隨便離開自己的世界。」得慕擔心地看著舒祈。

舒祈搖搖頭，「讓她去吧！只要別闖進她的世界，她不會主動攻擊人。找到了自己的夢想，她也不會輕易地離開。」

就算她的身體修復了，大約還是會守著虛擬的他和孩子，固執地生活下去。

真是……舒祈笑了起來。

第二天，舒祈約了朋友吃飯。少有的，打扮了才出門。

得慕覺得好奇，半自閉的舒祈，除了網路和一干非人外，居然還有朋友？

太稀奇了。

她偷偷地窺看著。看見舒祈對著約三十多歲的少婦笑著，還跟兩個驚人相似的小男孩打招呼。

高高興興地吃飯，小孩子對她非常親暱，喊她阿姨。

舒祈的姊妹？舒祈有姊妹嗎？

和舒祈相處了這些年，沒發現過舒祈有姊妹。

回到家，舒祈踢掉鞋子，躺在床上，輕輕地嘆了口氣。

「別躲了，得慕。這麼偷偷摸摸地看著，很丟人的。」

得慕訕訕地出現，輕飄飄地浮在空中。

「只是好奇呀！舒祈，妳沒有姊妹。」

是沒有。

「那，她是妳的好友？」沒見過舒祈和客戶或網友外的人交往。

「好友……算是吧！正確地說起來，她的前夫，是我的初戀情人。我們相戀的時候，他們還沒結婚。他們結婚以後，我和他還是藕斷絲連。直到她生了小孩、離婚，她還是不知道我和她前夫的關係。」

得慕瞪大了眼睛。

舒祈卻只是輕輕地笑笑。

非常地愛他過。喜歡他粗大的手掌握住她，覺得自己是那麼地柔弱，那麼地幸福。第一

個接吻的人，是他。第一個男人，也是他。

靜靜地躺在他的身邊，聽著他均勻的呼吸聲。做愛並沒有想像中的痛和久，也不像小說中的銷魂。但是，只要靜靜和他在一起，互相擁抱著，這樣就是舒祈至大的幸福了。

喜歡他粗獷的臉龐，喜歡輕輕地啄吻著他的眼皮、吸啜他的耳朵，喜歡看他忘情地深深呼吸。

這樣的，愛過他。連看見他都能夠讓她的心跳加快。

在一起三年多，現在想起來，他是個不體貼的情人。一開始，熱切粗魯地開發她的情欲，讓羞怯的她漸漸接受。但是等到她開始喜歡的時候，卻不重視她的感受，有時還會嘲笑她淫蕩。

後來她沒有再主動要求過。因為他不喜歡她發出聲音，所以她總是緊緊地咬住自己的手背，咬出兩個紫色的半月型牙痕。

苦悶的情欲的傷痕。

但是她還是愛他的。他總是對著她求婚，要她嫁給他。後來，他要上門提親的時候，母親拒絕了。

「過兩年吧！」母親不太高興，舒祈才二十一歲，「過兩年再來提親吧！」

但是他卻因此拂袖而去，一點點音訊也沒有。電話不接，她悽惶地上門去，他的母親卻嘲諷著：「阿宏說了，我們高攀不起，女孩子家留點餘地給人探聽，不要隨便糾纏到別人家來。」

哭著離去，舒祈。

「現在想起來，他只是想找個結婚的對象。既然我沒結婚的打算，當然不符合他的經濟效益。」此刻的舒祈，當然可以坦然地微笑。

那個時候的舒祈，卻成天哭著，苦痛的深淵，怎麼都爬不出來。

母親？哦，母親當然用了她的方法「激勵」舒祈。她拚命地諷刺譏罵，無有已時。「激勵」之下，舒祈自殺未果，搬了出去。「不要巴望家人會對你的失戀有太大的幫助。自己的傷口還是靠自己痊癒吧！」懶洋洋地梳著自己如瀑的頭髮。

重新找了份電腦排版的工作，準備徹底遺忘掉這一切。

但是，兩年後，他又來找舒祈。

兩年空白單調的生活後，突然填滿了鮮豔奪目的愛情色彩。舒祈跌落了，什麼都看不見，也聽不見。

若不是意外地看到他的身分證，舒祈不知道，他結了婚。

偷偷地，懷著痛苦的情感，她看見了他的妻子。帶著兩個小孩的她，蓬頭垢面，臃腫肥胖得讓人害怕。

發現舒祈知道了他的祕密，宏跪在地上，痛哭著求她原諒。

「我一定會跟她離婚的！相信我，舒祈，我們一定會結婚，相信我，那個女人根本不了解我……」

又在一起了兩年多。甜言蜜語，欺騙，眼淚和哀求。

「娟晴遇到的事情，我大概也遇到過。拿掉了兩個小孩。居然這麼容易被哄，我自己也很訝異。」

我能怎麼辦呢？舒祈深深地痛苦著。已經是他的人了，身體都給了他，青春、愛情，她能怎麼辦呢？

矛盾，矛盾而痛苦的情感哪！懷著這種情感，她主動結識了宏的妻子。

除去了臃腫的外表，她發現，宏的妻子是個溫柔的女人。「謝謝。」為了舒祈幫她牽小朋友過馬路，她粲然地微笑，「真的謝謝。」

嫉妒，卻也混合著好奇。這樣溫柔的音色，不像是宏口裡的邋遢傲慢。

在麥當勞，她笑著說：「我姓趙，趙明月。妳呢？」

「舒祈。葉舒祈。」

聊了一會兒，明月感嘆著：「還是沒結婚的好。結了婚，生了孩子，身材變得這麼恐怖。生他們倆的時候，差點就因為敗血症死了。結果，用了類固醇壓抑發炎，呵，副作用還在，我都不敢照鏡子呢！」

凝視著舒祈，「我們有點兒像。」她從皮夾裡拿出婚前的照片。兩個人，驚人地相似。相似的溫柔，相似的喜好，相似的輪廓。舒祈覺得身子一陣陣地發冷。

問到生活，明月只是悄悄紅了眼睛，堅強地笑笑。付帳的時候，艱難地算著銅板。

舒祈付了所有的帳單。

當晚，宏到她那裡，抱怨著妻子不會度日，「一個月三千塊的零用錢，不知道花到哪裡去了。什麼都幫她買得好好的，花錢還是像流水一樣。」

她看著宏買給她的NO.5香水，突然覺得香水隱含著一絲腐敗的惡臭。

拚命將宏的缺點排拒出去，她總是安慰自己，應該是明月不好。但是認識明月越深，心裡越是害怕。

直到明月帶著哭聲告訴她，宏因為吵架居然在廚房強暴了她，順手砸掉她辛苦存錢買下來的錄影機、電腦和機車後，舒祈抖了一夜。

明月和宏分居了。宏喜孜孜地告訴了舒祈這個消息，並且說：「那個死女人，還要我把房子給她，休想！孩子她要養就拿去好了，房子雖然是她的名字，但是不給我，我就不簽字！」

「出去！」舒祈拉開大門。

「什麼？」他愣了一下。

「從現在起，我不想再看到你。」

宏大喊大叫，說會跟妻子分居，都是為了舒祈，居然這樣翻臉。

「後來呢？」聽得入神，得慕緊張萬分。

「後來？後來他準備對我動粗的時候，我不小心把『能力』秀出來。」惡作劇地笑笑，「他嚇得差點尿褲子。」

她的愛戀，用這樣不堪的醜陋落幕。

不再愛誰了。下了決心。不再愛誰了。年紀慢慢地老大，她遊戲似地在網路悠遊，碰到了什麼人，可有可無地玩著戀愛的遊戲。

戀愛本來就是虛妄的。一切都是虛妄的。

「都沒再愛過誰呀？」得慕好奇著。她在青春年少的時候成了植物人，還沒來得及嘗到情花的滋味。

「有的。只是很短，也不容易太傷心。不行了，就換下一個。有時同時好幾個，也不算什麼！」

「可是，妳很久沒出門了呀！」

那當然。這種愛情遊戲，已經不玩很久了。

花了這麼久的時光，這麼多的瘢痕，她終於，願意再去相信一個人，等待一個人。

只有現在的午夜電話，才能溶解她臉上原有的冰封，柔和著。

想聽聽她跟誰說話，卻發現舒祈少有地張開了結界，誰也進不了她和電話那端的世界。

感到無聊的得慕，悄悄地過去探望娟晴。她愉快地忙著，在想像的世界裡，和溫順的男人，以及永遠不會長大的嬰兒玩著家家酒。

奇怪，明明知道是謊言，明明知道是虛妄……

回到自己的檔案夾，好好地鎖了又鎖所有的門，蜷縮在遼闊的床上。

為什麼？不停地重複著前塵，沒有學到什麼教訓？

緩緩滑入墨色的夢鄉，得慕的疑惑，卻沒有止息。

04.

哀傷

發現有不速之客闖入電腦，自行造了個檔案夾，舒祈只覺得納悶，卻不像得慕那麼緊張。

不顧得慕的勸阻，也不自行刪掉檔案夾，悄悄地進入了那個沒有防備的世界。

潔淨的泉水流動，檔案夾裡的世界小得只有一個操場大。

環繞著熱帶明亮的蕨類植物，時光停留在清晨，浮著氤氳的霧氣，低低地，聽得到心碎的哭聲。

壓抑著，掩著口，連心都揉碎的聲音。

順著水源找去，水色長髮和泉水溶成一色，她仰著頭，水袖掩住口，淚水潸潸而下，匯聚成泉水，潺潺著。

這泉水原是這樣來的。

看見來人，她的眼淚並沒有停止，仍然緩緩地溢出來，沒有血色的臉龐，透明得像是隨

時會消失。

「妳，是誰？」舒祈蹲低了身子，輕輕地扶著她的臉。

她只是哭著，卻沒有回答。

「又怎麼來這裡呢？」

她還是哭著，仍然沒有回答。

一個不會說話的，美麗的幽靈。

「靈魂不會有這種先天的殘障。」舒祈回答著，「她不能說話應該是她的問題。」

「封印嗎？」得慕有些疑惑。魔法這類的外道不是她的專長，初次看到能夠和舒祈的能力比肩的人，不免有些敬畏。

舒祈搖搖頭，仔細地檢查了自己的電腦，發現她能自行創造的檔案夾，正是舒祈分享出去，專門拿來放資料的硬碟。

嗯，這能解釋她能自行開創檔案夾的問題，卻不能解釋她的無法言語。

不過，既然她一直柔弱地哭泣著無害於人，偶爾舒祈會去探望她，也就沒打算將她驅逐或消失。

慣了舒祈的陪伴，她會將蒼白清秀的臉，靠在舒祈的胸前，無聲地哭泣。

居民們習慣了她的存在，有時會去遠遠地看著她。

她的哭聲那麼地哀傷淒絕，濃重的感染著探望者，聽到的人都不禁跟著落淚，哭過之後，心裡的鬱悶就能一碧如初洗的長空。

「妳的身體應該還活著。」舒祈疑惑地撫著水色長髮，「妳不關心妳的身體、妳的家人嗎？」

她只是掩著口，用無助的眼睛看著舒祈，哭著。

這是妳的選擇，「妳知道嗎？居民們都說，這是『憂傷精靈的別館』。」舒祈輕輕抱了抱她，「妳的名字，就叫作憂傷嗎？」

她還是哭著，緘默。

舒祈聽著她哀然的哭聲，也只是默默。

能夠想哭就盡情地哭，也算是種幸福的任性吧？有時被客戶氣得要破窗而出，或是接到母親冷嘲熱諷的電話時，舒祈會這樣想著。

若不是意外瞥到電視螢幕，她也不會多事地破壞憂傷的寧靜。

出去了一整天，得慕迎上來，「怎麼不說一聲？找不到妳！」跟在她背後嘀嘀咕咕一堆世界裡的瑣事。

揮揮手，「我不關心。」心事重重地閉上眼睛，順著睡眠進入了檔案夾。

「這是妳的電腦耶！」得慕不滿地叫著。

舒祈沒有理她，進入了哀傷的別館，她還是閉著眼睛哭著。

「這樣哭著……就好嗎？」舒祈半跪在岸上，「袖玉？」

她張大了眼睛，望著舒祈。

「妳的母親哀傷，妳的孩子們也哀傷。妳的丈夫或許不哀傷，不過，我想，妳早就不介意他哀不哀傷了。」頓了頓，「或許，妳會比較在意另一個男人的哀傷。是的，那個男人——或許說，妳的情人，非常痛苦地哀傷著。」

清澈水色的瞳孔漸漸滲出一點點豔紅，「他沒忘了我？」才開口，大口的鮮血吐了出來，有些濺到舒祈的臉龐。

舒祈的神情是悲憫的，「是的，妳昏迷的這兩個月，他沒忘了妳。」

「孩子們呢？」袖玉軟弱地問著，又吐出血來。

「孩子？正在妳的母親那裡受照顧。但，妳還關心他們嗎？」

瞳孔充滿了血色，像是盈盈的葡萄酒，滿溢出兩行珠淚，「不，其實……我……自從我愛上了他以後……我就沒辦法再像以前一樣那麼愛他們了。」

她無助地坐在泉水中，看著清澈的水快速地被染紅，「不，我對他們根本沒有感覺了，這樣的我……好可怕！好骯髒！我不配當一個母親！」眼淚和吐血沒辦法停止。

靈魂不會吐血和流血淚的。妳流的每一點豔紅，都是妳的精魄……

為了免於崩潰，這才不開口說話的吧？

抱住滿身血污的袖玉，舒祈良久不言語。

「回到妳的身體裡去吧！」她輕輕地說，「袖玉，回去吧！妳有能力在這裡開檔案夾，也有能力回到身體裡。」

她哭著搖頭，「讓我消失好了，舒祈，求求妳，我不知道怎樣才能消失，我好痛苦，既無法愛自己的孩子，又不能夠不愛那個人，我該怎麼辦哪？不敢承認，也不敢不承認，我不會……不會

處理呀！」

「消失很容易，」舒祈喃喃地說，「就因為很容易，所以，又為什麼不去確定看看？」

死是很輕易的事情，但是活下去……為什麼不試試看？

為什麼不？她慢慢地閉上眼睛，眼淚奔流得更急，線條慢慢地模糊、消失。

許久，得慕說：「我以為母親愛子女是天性。」

舒祈沉默了一下子，笑笑：「為什麼？」

換得慕沉默了。

若不是創世植物人的鏡頭在新聞上一閃而逝，說不定，她可以不斷地憂傷下去，直到每個人都遺忘了她。

＊　＊　＊

舒祈幾乎忘掉她的時候，意外地，被她叫住。

她應該不記得檔案夾的一切才對，但是袖玉叫住了她，略顯憂愁地向她道謝。

「我離婚了。小孩子歸我。」清秀的臉龐有點憔悴，「現在在母親那裡教養。」

「沒住一起？」舒祈有點可憐那兩個孩子，「再婚了嗎？」

「沒住在一起。」她不太好意思地笑笑，「我都工作得很晚……」她的笑容慢慢模糊，「其實是藉口。我無法再那麼愛他們，將他們看成我生命中的唯一了。」

茫然地望著地上的月影，她又笑笑，「不，我沒有再婚。而且，我已經動了絕育手術了。」

舒祈站定，看著她。

「我不配有小孩。其實，能生小孩的人不是生理成熟就行了，心理還要健全。我……我不健全。」她的眼淚落下來，卻不再是朱紅色的，「所以，我不配結婚，也不配再有小孩。從此，我不再犯這種循環的錯誤。」

「所以，妳離開他？」舒祈拿出菸，火光一閃。

「不。」她虛弱地笑笑，「我還跟他在一起，直到他離開為止。怕他離開？怕，當然怕呀！但是用婚姻鎖住他，好犯和以前一樣的錯誤？」搖搖頭，「我犯不起這樣的錯誤。」

等她走了很遠，舒祈才轉身回家，小腿像是灌滿了鉛。

她想起母親和長年不在家的父親。母親總是寂寞地守著幾盤菜，等父親回家吃。從她懂事就開始，長長幾十年這樣過去。

困在家中和無望的愛情裡，一秒一秒，無情地過去。

這一刻，她突然原諒了母親。

將菸按熄，她發現很大的一滴眼淚落下，沉重的一滴。清冷的，像是吸飽了寂寞的重量。

非常沉重而惶恐的寂寞。

05. 鴉片館

舒祈的電腦裡，有著互相平行的檔案夾，彼此可以永遠沒有關係。

集合著各地、各式各樣的遊魂生靈，脾性不同，氣味各異，沒有交集是很正常的事情。

但是，不管是哪個檔案夾的管理者，幾乎都會到「鴉片館」遊蕩遊蕩。人是群居性的動物，這種習性，從生前延伸到死後，沒有什麼改變。

連舒祈這個冷漠的系統管理者，偶爾也都會到鴉片館跳跳舞，一入夜，整個鴉片館就陷入歇斯底里的狂歡中。

進入鴉片館，五彩激射的光芒像要刺盲眼睛，強烈地在癲狂的眾生身上雷射著光輝閃爍的刺青，隆隆的鼓聲像是要將心臟震出口腔般。

各式各樣的人狂亂地揮舞著四肢，像是異教徒的春之祭。遠遠地，你可以看到戴著絢爛鳳蝶的羽毛面具，身上只穿了幾串珠鍊，隱隱約約遮掩著重要部位，在高高的吧台上，一面隨著音樂著魔似地舞動，一面搖著調酒的美麗女主人。

面具底下的眼睛魅惑的火苗繚繞，就像舒祈第一次看見她的模樣。

意外地，順著網路來到舒祈的電腦，無意識地出了螢幕。

「嗯，我在哪兒？我是不是聊天聊到睡著啦？」慵懶略帶鼻音的嬌嫋，連女人聽了，心底都一跳。

一絲不掛，她。長長繚繞著腳踝的濃黑長髮，像是沒有睡醒。

「妳是誰哪？」沒有意識到自己是遊魂的她，從裸肩上看著舒祈，「我還在作夢嗎？剛剛是誰跟我 Net sex ？」

作夢？也許，我們都在作著夢，只是自己不知道。

「也許是夢。」舒祈伸手給她，那女子的眼中有著魅惑的火苗。「但是，請告訴我妳的名字。我才好替妳做檔案夾。」

「名字？」她將塗滿鮮紅蔻丹的手指按在唇上，輕笑著，「夢還需要什麼名字呢？說不定……」將頭微微一偏，眼睛斜斜地勾著人的魂魄，「我是蝴蝶，夢見自己是莊周。」

真是個可愛的女人。舒祈不禁笑了起來。第一次，她對於自己的女人身分有點遺憾。

要不然，她一定會想辦法追這個妖嬈柔媚的女子。

「那就是蝶夢吧！」

蝶夢的眼睛宛如仍在夢中，「好俗氣的名字。但是我很喜歡。」

後來的人都管她叫蝶夢夫人。事實上，她也還活著，只是睡著了以後，魂魄會到舒祈給她的檔案夾裡，過著她的夜生活。

蝶夢喜歡震耳欲聾的舞曲，喜歡煙霧繚繞的舞廳，喜歡閃閃盲人心眼耳目的七彩燈光。她用旺盛的意志和想像力，創造了這個繽紛的世界，成了每個檔案夾內的人口喜歡匯聚的地方。為了得慕一句戲言，慢慢地，大家都管這個地方叫「鴉片館」。

是的，鴉片館。來過一次就會上癮，一陣子就會瘋狂懷念的地方。

像是剛剛在現實生活，因為丟失了一個大客戶，倍感沮喪的舒祈，睡眠之後，會鬱鬱地將自己丟到龐大的舞池，和其他瘋狂的舞者一起沒有意義地擺動，隨著嘶吼和尖銳的叫聲，拚命地揮灑著汗水，似乎只剩下旋轉旋轉旋轉。

然後她的手被接住，被蝶夢軟柔的手握著。

兩個人很有默契地共舞著，曖昧地共舞著。最後在舞池裡相擁，深吻。

「我愛妳，舒祈。」微喘著，蝶夢說。

「我也愛妳。不幸我是女人。」輕輕撫著蝶夢柔軟的臉，舒祈微笑。

「呵呵，只剩下魂魄了，還有什麼好分的？」她湊近舒祈的耳邊，「妳知道嗎？現實中，

我已經六十四歲了。」

「真的嗎？」舒祈淡淡地問。

「呵呵，妳呀，舒祈，不能裝得更震驚點嗎？」

但笑不語。

「親個老太婆，讓妳不高興了呀？」有點撒嬌的口氣，面具下的眼睛閃啊閃，長長的睫毛一搧一搧的。「怎麼可能？在這裡，美貌和父母就沒什麼關係了。」

自信地笑笑，蝶夢驕傲地抬了抬下巴，「那當然，只跟想像力和意志力有關而已。」

親親舒祈，她有些驕傲地沒入舞池，周遭的愛慕者發出讚嘆，她也盡情釋放魅惑妖異的舞姿和氣味。

氣味。鴉片。聖羅蘭的香水——鴉片，甜蜜而性感，卻帶著戳刺的辛辣，就像中毒的損毀感。

飄飄然的損毀感。

原以為，蝶夢會這樣魅狂地繼續顛倒眾生，卻沒想到她的肉體已經高齡。隔了一個禮拜，只見鴉片館一片斷垣殘壁，幾個懷舊的精魂，無精打采地在鴉片館裡閒晃著。

「蝶夢死了。」得慕帶著愁容，告訴了舒祈。

舒祈靜靜地站在漸漸崩壞的大廳中。創造這個世界的女主人既然不在，整個檔案夾裡的世界，也該頹圮崩潰。

但是，這裡，是多少遊魂生靈交錯愛慕鴉片館主人的寄託所在。有個遊魂掩面哭了起來，哭聲像是有傳染性，一傳十，十傳百，鴉片館一片哀鴻遍野。

默默地，舒祈離開了。不插手電腦裡的世界，是她少數堅持的原則。

但是……蝶夢……

「蝶夢去的時候，覺得痛苦嗎？」舒祈淡淡地問著，卻讓得慕很驚訝。

舒祈才不管誰死誰活。

「不會。她去得很安詳。天堂和地獄都搶著要她。」

「哦？」

「蝶夢在世的時候，沒有犯過任何罪狀，所以天堂准她移民，樂享五十年後，投胎轉世。但是地獄卻想重用她，准她保有自己想要的形體。」

她選了地獄吧？

果然，得慕說：「她選了地獄。」

這麼愛美的人，怎能忍受得到天堂的安樂，卻得用生前最後的年紀面貌？

但是舒祈卻顯得鬱鬱。低頭和她的貓玩，卻被抓出三道血痕。

「珈瑪！」舒祈輕聲斥責牠。

「要緊嗎？」看到血，得慕慌了。

舒祈搖搖頭，心下有點黯然。

得慕也覺得蕭索。失去了夜夜笙歌的鴉片館，就像失卻電腦網路上鮮明詭譎的豔麗色彩。結果，她沒辦法壓抑自己的習慣，每隔一兩天就去鴉片館看看。眷戀倒塌遺跡的人，卻出乎她想像的多。

蝶夢的面具，就這樣棄置在她慣躺著的貴妃椅上，隨時準備著被戴上。卻沒有人去動。沒有第二個蝶夢了。沒有。要維繫這樣一個什麼樣的生靈遊魂都能並存的世界，並不容易。

這個世界漸漸支離，鴉片館就要分解成位元，最後消失，只剩模糊的記憶。

悲感的得慕，懷著憑弔的心情，再度重履鴉片館。但是絢麗瘋狂的女主人，卻戴著面具，身著華麗透明黑紗和沉重珠鍊，環繞著鋼管，妖嬈挑逗地盡情媚舞。

蝶夢？

原本頹圮的遺跡，一變閃爍的夜空星光，驚人的閃電，代替雷射無害的飛躍。

這不是蝶夢。蝶夢雖然想像力和意志超人一等地創造了鴉片館，但是她沒有能力創作星光和閃電的物件，也無法讓形態各異的生魂遊靈，自由地在鴉片館飛騰舞動。

是誰？妳是誰？新的鴉片館主人？好不容易從狂歡的人群擠到台前，剛好看到了鴉片館主人手上的三條血痕。

妳？妳……她張口想喊她，卻讓承和拉住了。臉上泛著光彩、在魅惑的氣氛中如魚得水的承和，在她耳邊細語，「妳是她的朋友吧？」

一向不太喜歡承和的得慕掙扎著，「當然，不要靠我這麼近。」

「如果妳自稱是她的朋友，就裝作不知道這回事。」承和放開她，笑笑地離去，繼續沉浸在妖魔嘶吼的音樂中。

站在瘋狂熱舞的舞池，每個人的臉上心裡都沉淪在空白的安詳裡。在極度囂鬧中，找到歸屬感和絕對的安靜。

得慕站在舞台下，看著同樣站著不動的鴉片館主人，微風飄動她的羽毛面具。一笑。隔著遙遠的距離，兩個人同時微笑著。

「知道嗎？鴉片館重新開張了。」得慕眨著她的大眼睛，非常無辜地看著正在埋頭苦幹的舒祈。

「哦？很好啊！」她沒有理睬得慕。

「戴著面具，也不知道是誰。」

「神祕感嘛，說不定蝶夢回來了。」

睜眼說瞎話。得慕輕笑了起來。「舒祈，妳是不是非常喜歡蝶夢？」

這才讓舒祈眼睛一抬。在那剎那間，得慕才發現，為什麼會對初次見面的蝶夢有著那麼強烈的熟悉感。

蝶夢的眼睛和舒祈的眼睛，是那麼地相像。都有著同樣小小的火苗在灼燒。

「我才不是喜歡蝶夢。」慢吞吞地說著，手指在鍵盤上卻沒有停止，「我愛蝶夢。若我是男人，我會跪在蝶夢面前求愛。」

「嘩……」得慕笑了出來，「可惡，妳居然不愛我。」

「誰愛妳這個男人婆。只有那個沒眼光的惡魔傑克，才會苦苦追個不停。」得慕作勢要打，自己卻笑軟了手腳。舒祈若死了，她那條惡毒的舌頭，肯定會最後爛。

舒祈總會死的。一旦她死了，這些電腦裡的世界，便如鏡花水月般，消失不復返。也就是幾十年的光輝燦爛而已。

「不會的。」舒祈按了按痠痛的後頸，「在我有生之年，會將所有的檔案夾ＦＴＰ到天堂或地獄的主機裡，祕密地構建起我們的窩巢。任哪個高明的惡魔或天使，都沒有能力找到我們的目錄和檔案夾，也沒有能力刪除。」

說完，溫和地對著得慕一笑，「相信我。」

得慕溫和地看著她，相信了。然後，她安心地回到自己的檔案夾，安心地入眠。

我不是空口說說而已。坐在舒適的躺椅上，閉上眼睛，讓自己的靈魂侵入電腦的舒祈想著。

乘著電流，她循著ＦＴＰ到地獄主機的路徑，像光一樣迅速地飛進地獄。用背上虛擬的劍，劈破地獄堅固的防火牆，宰殺了前來吞噬她的防毒軟體，順利抵達地獄的主機，從螢幕裡出來，看著幾乎有帝王大廈般龐大莊嚴的電腦機房。

將劍上防毒軟體黏膩的屍塊和體液揮去，插進背後的劍鞘，像一條影子般，潛入地獄。

不似外面的傳言，地獄不再是陰風慘慘的所在。過往恐怖、非人道的刑罰，讓人性化的感化教育取代了。這個肉欲和歡樂不禁止的所在，比天堂更似人間。

濃鬱的街樹正春深，在地上畫著深淺的樹光葉影。

撒旦是有野心的。腐敗的天堂實在存在得太顢頇了，雖然舒祈認為地獄的顢頇也不下於天堂。

要找到蝶夢並不難，到處都是她美麗的海報。看著海報，舒祈微笑。

潛入蝶夢的休息室，剛剛下來喝水的蝶夢，失手跌了水晶杯，緊緊地抱住了舒祈，眼淚氾濫在她的肩上。

「好想妳……」

看著光豔更勝以往的蝶夢，舒祈覺得很是安慰。

「好嗎？」舒祈輕輕撫著她的臉。

拚命點頭，「失去身體的束縛，也拋去了一切束縛，我很好。」

「撒旦老大要妳來幹嘛？」攬著蝶夢的腰，親密地坐在一起。

「當血池Disco的主人，好讓初臨地獄的罪魂了解，只要洗心革面，將靈魂的髒污去盡，就能在地獄愉快地生活下來。」

舒祈笑出來，「蝶夢，妳信？」

「連鬼都不信。」她調皮地伸伸舌頭。

華麗的休息室，窗外有著濃香的桂花飄進來，似碎雪。

「但是我……還是選了地獄，不想選擇天堂。」她輕輕咬著扇子，笑，「我不是個好人，但是我一生中，沒有選擇地在當好人。」

站起來，撥弄著滿桌飄蕩的細碎桂花，「生在小康之家，乖巧地循著父母設定的道路前行，長大，嫁給和善的丈夫，還有好相處的夫家。生了幾個聽話的小孩，這一生，似乎非常完美。」

她抬起頭，看著天空輕輕飄蕩的雲彩，「但是，我一直不快樂。雖然不知道不快樂些什麼，孫子們聽的熱門音樂，可以讓我的不快樂減輕一點點，但是，我若拿來聽，總是會被笑的。」

垂下眼睛，「我喜歡跑步，但是父母、丈夫都不讓我跑，緊緊抓住我的手。我喜歡大笑，但是他們總是會驚慌失措。我貪愛肉欲，但是丈夫卻總是守禮地不願多接觸我。在別人眼中，我是個多麼優雅溫柔和善的女子！這些卻是不願意讓身邊的人失望的結果。」

她輕輕地伸伸舌頭，「若不是小孫子給了我一台電腦，我不知道情欲可以這樣流竄，可以對著電腦那頭的人，瘋狂地大笑，挑逗，做我想做的所有狂亂的念頭。」

「我可愛嗎？舒祈，我可愛嗎？」蝶夢祈求的看著舒祈，舒祈也憐愛地撫著她的長髮，「那當然。要不然，我怎會千辛萬苦地到這裡來？」

「即使我已經六十四快六十五，肉體已經在墓園裡腐爛了？」

「我在不久的未來，也會在墓園腐爛而長眠。但是現在妳已經不再被身體限制了。」

「我不要去天堂，我不想再遇到他們。也不想要變老、變醜。」

「不要緊，親愛的蝶夢。不管妳在哪裡，我都會去尋找妳。」

蝶夢滿足地蜷伏在舒祈的胸口。

「舒祈。」

「嗯？」

「聽說鴉片館有新主人了。」

舒祈對著自己微笑。流言的速度遠快於光速。

「是。」

「那是誰？」蝶夢促狹地看著她。

舒祈只是微笑，「那是妳。蝶夢，那是妳。不管是誰站在舞台上，都只是妳的替身而已。」

蝶夢目送著舒祈離去，除了默禱她的平安，心底也有點惆悵。

舒祈是個女性，卻不妨礙蝶夢愛她。但是蝶夢知道，舒祈對她另眼相看的緣故。

她見過舒祈珍藏的相片，那個面目和蝶夢有些相似的影中人，也同樣留影在她的心底。

一定也會有人，像這樣愛著我。短短的哀傷後，蝶夢微笑起來，走向她的舞台。

新的鴉片館主人，戴著面具，俯瞰著芸芸眾生，走向蝶夢的舞台。這是蝶夢的舞台，會將它維繫下去。

在這舒祈的電腦，思念的末春之祭。

06. 蛇皇

舒祈管理不同硬碟的方法很簡單。她不是個出色的電腦工作者，連NT都玩得不太好。

但是她卻用NT server串起了幾台電腦，連成一個小型的區域網路。就這樣建構起她用檔案夾構建起來的世界。

在這錯綜複雜的靈異檔案夾中，有的檔案夾形成數萬人的小鎮，也有的只有一人或數人，但是彼此可能平行或有邦交。除了用鴉片館溝通社交活動，幾乎都是平等的，沒有明顯的階級存在。

但是當幽暗的角落傳出蛇皇的聲音時，幾乎穿透了所有的硬碟。

那聲音讓許多檔案夾暫時成了唯讀狀態，好抗拒那妖魔的誘惑與撕裂。

舒祈……舒祈……

從陰森的硬碟底層，蜿蜒著銀鱗閃閃的蛇的下身，腰部以上的雪白和尖利的爪子，烏髮半披在臉上，魅惑地笑著。

放開我吧！舒祈。讓妳監禁了這麼久，讓我出去狩獵吧！我答應妳，一定回到妳為我打造的監牢。快，解開我的束縛，這渾圓的月暈在呼喚我，呼喚我該出巡了……

聽到了幽幽的呼喊，正在趕著工作的舒祈，臉上泛著淡得幾乎看不到的笑容，使盡全力將手上的工作趕完，讓客人滿意地離去後，她來到蛇皇的檔案夾。

幽深的，由她惡夢似的、黑夜般的長髮，盤據糾纏的世界，只有晶瑩的肌膚和血紅的唇那麼地醒目。跪在蛇皇的面前，將她的鐐銬脫下來。

蛇皇其實有著蝶夢類似的容顏，但是她的眼睛卻有著惡意的嘲弄和毀滅。在還沒囚禁在舒祈的檔案夾之前，她率領著魔族，發出尖銳的笑聲，橫過天際，散播惡夢和瘟疫。

現在她卻甘於被舒祈囚禁。理由卻連舒祈也不知道。

「因為我愛妳啊！」她雪白的身軀沒有性別，卻能夠誘惑出任何深沉的肉欲，將水晶磨就似的纖長爪子，輕輕按在殷紅的嘴唇上，輕鬆地說出謊言。

舒祈不相信她，但是卻淡淡地在她頰上一吻。

「走吧！也可以不再回來。」

蛇皇沒有站起來。只是半躺臥在漆黑的長髮中，勾著眼看舒祈。

「我會回來這裡，」她輕輕地挑起舒祈的一綹髮絲，「舒祈，回來這裡，讓妳親手為我戴上手銬，將腳鐐束在我的腳踝。然後，妳會將頸圈套著我的頸子吧？會吧？妳會親手這麼做吧？」

「會的。」舒祈的眼睛沒有什麼波動，只是淡淡的。

蛇皇搖動著滿頭小蛇似的黝黑，尖聲地笑著，離開舒祈的電腦。行經別的檔案夾時，所有的幽魂都在顫抖。

靜默地坐了一下子。舒祈關上自己所有的能力，也出門去。

再回來時，已經一個下午過去了。她沒有特別高興或憂傷。只是安靜地看著租回來的漫畫。

正想對她說話的得慕，看見由外面席捲進來不祥的風雲，嚇得趕緊躲回自己的世界。

瘋狂而歇斯底里的笑聲。剛剛饜飽的妖魔，身上帶著腥羶的、性交過後的氣味，不知道她短短的一個下午，撕碎了多少雄性的欲望和精神面，怎樣滿意殘忍地將他們拖到墮落的深淵。

「今天是個愉快的下午唷！」她從後面抱住了舒祈，貼近舒祈的她，嘴裡有著精液厭噁的氣味。就用這樣強烈的體臭的嘴，親吻了舒祈。

舒祈不但沒有厭惡，反而回吻她。

「舒祈，今天如何？妳也有個快樂的下午嗎？」吻著舒祈頸項的她，笑得發抖，「妳『偉大的愛情』繼續柏拉圖嗎？還是漸漸死亡不自知？舒祈……舒祈……」她喘息著貼近舒祈的臉，「妳真有趣，妳真是個有趣而愚蠢的半妖魔生物。」

「我只是個平凡的人類。剛好看得到你們而已。」舒祈往後靠著蛇皇，「蛇皇，我不配當妖魔。」

「胡說！妳還沒有被那種笨透了的愛情纏得動彈不得前，我們共生了很長的光陰。妳記得嗎？我們一起用著妳的身體，狩獵雄性人類、精液、欲望，撕裂他們無恥的道德面具，記得嗎？」

舒祈的眼神很遙遠，和蛇皇共生的生活其實有著無情的殘酷快感。隨意踐踏她不愛的男人，用性交盡情地嘲弄他們，在他們身上留下瘀青和傷痕，肆虐他們無辜的陽具。

一走出旅館的大門，她總是沉默而傲氣地離去。不回頭。

直到她將心丟失的那天為止。

「他根本不愛妳了……」舔著舒祈的耳朵，輕輕在她耳邊說著，「那個人，慢慢慢慢地疏離妳，然後就像過去的戀人一樣，慢慢慢慢地離開妳，連手都吝嗇伸出來。最後……」

舒祈將蛇皇一推，細白的耳垂出現了血跡。

舔舔唇邊的血，蛇皇溫柔地說：「最後，妳還是我的。我們還是會繼續共生。」

舒祈將手插在口袋裡，沒有露出疼痛或懼怕的神情。「蛇皇，妳喜歡我的身體吧？因為妳的身體不像人類一般，可以得到這麼多高壓電似的快感。對吧？如果我失去了愛人的能力……」

她熱切地看著舒祈，「只要妳不再愛任何愚蠢的人類。」

「妳就可以得到我的身體，順利地將我的精神吞吃下去。」

「我想和妳共生……」

「蛇皇，妳太喜歡說謊了。也總是說著謊。」舒祈輕輕地按了按這個暗夜妖魔的頭，「但是，說不定，妳會很快就如願以償，妳要耐心等待。」

「有時我也不說謊的。」

「是的，有時。」

她柔順地讓舒祈將她帶回幽深的世界，閉著眼睛，長長的睫毛激動地顫抖著，讓舒祈為她戴上頸圈和鐐銬。

「給我一個吻吧！」

舒祈深深地吻了她。

整個晚上，她都沉默地不發一語，忙著把電冰箱刷得晶亮。關掉了大部分的能力，只看到得慕擔憂地跟前跟後。但是沒有得到允許，得慕也不能跟她說話。

然後，她轉過頭，對得慕一笑：「晚安。」

在睡夢中，滑進自己的世界。

得慕，不要為我擔心。我不會馬上讓蛇皇吞吃了。這一切都是鏡花水月，萬般都是空。能力和虛名，對我的實際生活一點幫助也沒有。

這個月工作少了，該給母親的家用、房租，馬上捉襟見肘。我還買不起房子，負了一點債。

也許依賴著的愛情，就要像流沙般從指縫流失。也許，把心思放在現實面上，要來得實際。

不會，馬上，被吞吃。

在重重的，潛意識底的迷宮中，一道一道地鎖著門。鎖了又鎖，鎖了又鎖，一直鎖到最裡面的房間，安心地打開衣櫥，躲進去。

幽暗的衣櫥，她蜷縮得像個胎兒，突然發出嘻嘻嘻嘻嘻的笑聲。

也許，讓蛇皇吞噬自己也是件好事，這樣，就可以永遠待在這個狹小的衣櫥裡，不用再出去見任何人。

安全而平靜地睡著了。除了自己外，所有的一切，都讓她關在外面的迷宮裡迷路，沒有人找得到她。

蛇皇，得慕，母親，甚至是她的戀人。

誰也不能打擾她。不管是晶瑩剔透，還是骯髒污穢的夢境。

在幽暗的衣櫥裡，只有蛇皇的笑聲，隱隱約約地穿刺，穿刺。提醒她，那一天，就要來臨。

07.

凝住幸福的方法

夜半的醫院，死亡天使在唱歌。

隱隱約約的歌聲在寂靜的醫院底迴盪，引得舒祈一回頭。

母親因為血壓過高住了院。向來不喜歡醫院的舒祈，只好乖乖地隨侍。

就像這樣，夜半裡聽著死亡天使的歌聲，無法睡去。

一路到加護病房才找到，舒祈先看到月光而驚訝。

在朔日，怎麼會有月光？

漂浮在半空中的粼粼月光，偏轉過來。

銀白的長髮，月光的錯覺，安靜地看著舒祈。

「月紡？」

死亡天使正準備拔掉床頭的氧氣。

「我警告你最好不要。死亡天使。業績不是這麼搶的。」

死亡天使變了臉色，「舒……舒祈！是她自己要求的耶！不要這麼殘忍，我這個月還沒有業績。」

舒祈攙扶起溫馴的她，「你希望我向誰投訴？你們課裡的死神？還是直接找天使長了解一下？」

「是我求他的。」她開了口。

「妳看，是她求我的耶！」

舒祈只冷冷地橫了死亡天使一眼，「守好她的身體。萬一再有管子掉下來，你就等著調職吧！」

「喂，舒祈，不要這樣子，喂……」

跟著舒祈靜靜地走，她卻沒有問將到哪裡去。

「舒祈，她居然自殺啦！我最喜歡的那個作家……」得慕從螢幕透出來，喊叫著，沒有防備舒祈剛好有客人。

月光般冰魄似的長髮流瀉，眼神寧靜。

看得久了，才發現那份寧靜只有沉甸甸的死寂。

這女子看來有幾分眼熟……

「啊！啊啊啊……」她指著新來的客人尖叫，「妳是她……妳就是她……」得慕搶過報紙，晚報正有頗負盛名的女作家上吊獲救的消息。

「得慕，吵死了。」舒祈不太愉快地斥責著。她倒是沒有什麼不愉快的神情，淡得幾乎看不到的笑容。

「我是妳的讀者，請簽名！」

忍無可忍的舒祈把得慕給轟走。

「受不了。」

她也只是淡淡地笑，對於周遭發生的事情，漠不關心。直到舒祈帶她到鴉片館，她的神情才有了追憶的變化。

「妳……妳是鴉片館的夫人。原來，不是夢嗎？」

舒祈對她微笑。「是夢，也不是夢。月紡。」

這才慢慢地記憶起來，深深的睡眠中，她常到鴉片館。在鴉片館的名字，叫月紡。

總是拿著冰冷的月光，和著雪，混著花香和陽光，紡著夢境。用梭子飛快地往復著。這就是她夜裡的工作。在她辛勤的紡織夢境時，總會有眷戀夢境的魂魄前來觀看。

沒有身體，睡眠和作夢不再是每個人都會的基本能力，必須藉助著月紡這樣的能力者，才能夠回到夢境。

「先在鴉片館住著，好嗎？」瘋狂癲舞的人和她們只隔著一道簾子，鴉片館的內室卻安靜得像教堂。月紡的眼神還是只有深沉的死寂。「不，我想要死，包含魂魄毀滅的死亡。」

深深地看了她一眼。「妳的願望並不嚴苛。只要妳離開這裡，外面會有妖魔吃了妳。但是，藉著吃了妳，說不定讓妖魔得到奇特的力量。這力量……誰知道呢？說不定不會害了誰。」

她沉默著。「雖然想死，卻不想帶給別人麻煩。」輕輕的聲音，像是一個嘆息。

她默默地在鴉片館住下來。

「她真的是月紡？」得慕不可置信地問，「雖然有點眼熟，但是，天哪！沒想到常在鴉片館看到的月紡，居然是鼎鼎大名的作家！為什麼她要自殺呢？」

「她一定有自己的理由吧！先別煩我，趕工。」

得慕不死心地糾纏著，「但是她沒理由啊！雖然月紡的前半生非常艱辛顛沛，這幾年，她算是苦盡甘來了耶！聲望、財富、愛情，幾乎什麼都有了，也不見她有什麼痼疾呀！」

「沒有遺書嗎？」

「那算遺書嗎？」得慕困惑著，「『凝住幸福的方法』，就這樣一張小小的紙條，誰懂意思？」

原來。

在鴉片館的內室，月紡透過鏡子，觀看慟哭的俊俏男子。神情是不捨的，卻也異常平靜。

「很清秀。」舒祈溫厚地笑笑。

「是呀！」

「死亡，就可以凝住他對妳的思念嗎？將來他總是會遺忘妳，另外尋找活生生的幸福。」

淺淺的笑，淡淡地出現在月紡的唇角。「就算我活著，他還是會遺忘我，另外尋求幸福的。我們年紀差太多了，還有家世、背景……他總是會忘了我的。在未來的某一天。」

「這就是妳自殺的原因？」

「不。我只是選在最幸福的時候劃下終點。」她溫柔地笑笑，「這麼一路走來，我很驕傲。但是，我也很累很累了。現在是我一生中，最美好的時刻。為了不失去這種幸福的感覺……」

閉著眼睛，緩緩地漂浮在半空中，「我選擇了結束。這樣，幸福就不會從我的心底溜走。我可以笑著說，到死那天，我都是幸福的。」

「對於他的眼淚呢？妳怎麼說？」舒祈皺了皺眉。

「算是還我吧！這些年來，我欠他眼淚，還是他欠我眼淚，算不盡，也算不完。」她眼睛慢慢閉起來，淚水緩緩沿頰而下，「我只想死去，但是我連睡去都不能。」

舒祈斜躺在沙發上，看著她的淚水，飄向天際，反射著虛擬的月光，折射出虹彩。

她為月紡開了檔案夾，破例給了她睡眠的能力。月紡也安靜地待在自己的檔案夾中，不再離開。

漫長的睡眠。即使舒祈走進她的檔案夾中，她還是靜靜地，在冰層下安眠著。淺藍的冰層，她躺在沒有人碰觸得到的地方。沒有王子能夠喚醒她。

舒祈將手按在冰層上，喊她。她只睜開一點點的目光。

「月紡，妳死了。妳的他衝進了病房，拔掉了妳的管子和維生器。」

月紡緩緩地落下淚，心臟劇烈地絞痛……

同時，微笑。

「舒祈，讓我睡吧！再也不要醒過來，讓我凝住這一刻的狂喜……」

舒祈伸出手，五色鳥在她掌上漸漸成形，帶著火焰的光芒，作為防火牆。「沒有妳的密碼，即使是我……」

「謝謝。」

然後，舒祈沒再踏入月紡的檔案夾過。

她應該還靜靜地躺在冰層中，極遙遠的地平線，除了冰和月光，也只剩下月光和冰吧！

緩緩地，在黑絲絨的天空中，五色鳥翺翔著，守護她的夢。

月紡，妳是幸福的。這種幸福，我也強烈地希望過。

08.

小志的神奇寶貝

若不是遇到非常困擾的事情，得慕不會帶著這麼驚慌的神情來找舒祈。

剛洗好澡的舒祈，神情疲倦，疑惑地看著得慕帶來的小孩子。戴著鴨舌帽，穿著外套短褲，揹著個小包包。

這麼小的小孩，神情卻停滯如死水。

「舒祈，請替他開個檔案夾，好嗎？」疲倦的得慕這麼請求著舒祈。

她納悶起來，「檔案夾？妳以為這孩子有辦法創造任何物件嗎？」

不是誰都能創造物件的。起碼需要基本的想像力和異能。這孩子不要提異能，連夢想都沒有，「把他帶去妳的檔案夾吧！妳的檔案夾應該夠他居住呀！」

「小志沒辦法和我檔案夾裡的居民相處。」得慕黯然地說。

怎樣沒有辦法呢？疲倦的舒祈不想深究，畢竟她剛結束了一個很大的case，全身痠痛得像是要散了一般。

「那把他送到花語那裡吧！」輕輕地捏了捏自己的後頸，「對於無法創造物件的生魂，開個檔案夾，只是造座一無所有的監牢而已。」

得慕還想說什麼，猶疑了片刻，還是靜靜地將那孩子帶走。

第二天，鮮少離開自己檔案夾的花語哭泣著來找她，手上有著很大的傷痕。

舒祈馬上變了顏色。帶著小志追來的得慕，抱歉得不知道該怎麼辦，小志卻還是那種事不關己的呆滯。

「他一直搶我的東西！」花語有著精靈似的透明翅膀，她的世界也美得像是童話般，「每樣我剛創造出來的物件，他就要搶，如果給了他，另外創造新的，他還是要搶，就是要搶我手上的東西！」

這個精靈女兒般的小女生，淚珠晶瑩得像是珍珠，卻完全引不起小志的歉疚。

「得慕，妳帶他試過多少檔案夾了？」

「很多……」

「很多是多少！」舒祈發怒的聲音讓得慕瑟縮了一下。

「二、三十個吧！」

二、三十個都重複著搶劫的惡行？

「把他趕出去。」舒祈不想看到這個內心一片黑暗的小孩子。

「不要這樣，舒祈，他絕對會被吞噬掉的！」得慕哀求著，「我答應了他死去的祖母，得好生地看護他，讓他留下來吧！開個空白的檔案夾，讓他呆著吧！」

怒氣沖沖的舒祈，開了新的檔案夾。看見花語手上開著大口的傷痕，越發不捨和生氣。治癒了花語，她召喚了蛇皇。

蛇皇將長長的下半身纏緊了舒祈，擁吻她。「召喚我何事？要和我合體了？」

「不，蛇皇。那個叫小志的孩子，交給妳教養。一天一次，教他什麼是疼痛和恐懼。但不要侵犯他的靈魂。」

蛇皇露出失望的表情，「我不想當保母。若是妳交給我撕碎他的話，我還當玩具玩玩。」

「蛇皇。這種任務，我沒法子拜託別人。」

蛇皇也笑了。畫了濃重眼線的眼睛閃了閃水靈，「好吧！若是為了舒祈。」

舒祈吻了吻她。

小志被教養得怎樣，舒祈不很清楚。接下去為了一套教科書，她開始陷入昏天暗地的打字排版的地獄裡。

等她終於完成，一個禮拜過去了，根本想不起小志的事情。

若不是趙先生堅持要請她吃飯，她不會回想起。

一整棟七層的公寓都是趙家的。分家後的趙氏兄弟和父母就住在這裡。趙家兩兄弟，加上媳婦、小姑和公公，總共八個人。詭異的是，當中沒有任何一家有小孩。

主人客氣得讓舒祈不好意思，從他們討好的表情裡，舒祈覺得這頓飯的目的，恐怕不簡單。

果然，吃過了飯，趙先生期期艾艾地說：「聽說葉小姐擅長占卜。」

「但是趙先生，您煩惱的問題，恐怕不是占卜就能解決的。」

趙先生的太太哭了起來，接著趙家的二小姐也哭了。

靜了半晌，只有女人的哭聲迴響。「說的是。那，請葉小姐過來這裡。」

打開了房門，舒祈有一刻的錯亂。整個屋子都是皮卡丘的玩偶、海報、錄影帶、game。連睡著的孩子身上，都蓋著皮卡丘的毛毯。

小志。雖然身上插著亂七八糟的管子，他，的確是小志。

「這孩子，一個月前從樓梯跌下來後……就成了植物人……」做父親的也紅了眼眶。

書桌前擺著小志的鉛筆盒和作業本，上面整整齊齊地寫著他的名字和三年二班。這樣整齊的筆畫，大人幫他寫的。

翻開作業本，除了開頭潦草的幾行，後面看得出來，是大人模仿著小孩稚拙的手法寫的

功課。

這麼多各式各樣大大小小的皮卡丘，幾乎都是新的、沒有把玩過的，上面只有灰塵而已。

不過，電視遊樂器倒是按鈕把玩得光亮烏黑。

冷冰冰，沒有自己個性夢想的房間。妝點得這麼熱鬧，卻沒有這個孩子生活的痕跡。

「為什麼從樓梯跌下來……」

「是我不好！」趙太太哭叫著，「他要一隻活著的皮卡丘，但是……我居然告訴他，世界上根本沒有皮卡丘這種動物……」

「世界上的確沒有皮卡丘這種生物。」舒祈冷靜地說。

趙太太卻像是沒有聽到舒祈的話，逕自沉浸在悲傷中，「我要是哄哄他就好了，他就不會氣得從樓梯跳下去……」

整個趙家，就小志這麼一個小孩？

趙先生黯然地點點頭，「內人那邊的家族，也只有小志這個外孫。」

舒祈明白了。

「趙先生，用不著占卜。不過，要我救這孩子，可以。但得答應我的條件。」

趙先生呆掉了，「只要救得醒小志，就算要我所有的財產，我都願意！」

「還有我們，我們也願意出錢！不管多少錢……」姑姑也跟著喊著。

「不要錢。」舒祈按著床頭，看著呆滯睡眠著的小志，「若是他醒得過來，將他送到森林小學住校讀書。」

「什麼？」趙老先生眼淚也跟著掉下來，「為什麼要我的金孫離開咧？不可以！我不准這樣小的孩子離開家！」

「隨便。」舒祈穿上外套，「謝謝各位的招待。」

「葉小姐！葉小姐！」趙先生追了出來，苦苦哀求著：「您真的可以讓小志醒過來？」

「可以。」舒祈安靜地看著他，這樣單純堅定的眼神，不由得讓趙先生相信。「非這樣不可嗎？小志才小學三年級……」

「你可以將他留在身邊，繼續當植物人。這樣，他既不會傷人，也會乖乖地待在你們的身邊。」

趙先生的心底被重重一擊。他低頭默思良久。

「葉小姐，那就拜託妳，只要他醒過來，我……我馬上……送他到森林小學。」做父親的，已經淚流滿面。

「給我一個月的時間吧！」舒祈按了按趙先生的手。

原本擔憂沮喪的他，心裡卻平靜了下來。

他聽說了葉小姐的一些事情。據說她有陰陽眼，占卜其準無比；除了自己的客戶，不幫外人占卜，也不收取任何費用。

小志會醒過來的。他相信。

小志會醒過來的，相信我。

舒祈進入了小志的檔案夾，如她所料，還是一片空白的世界，任何物件都沒有。聽到人聲的小志，哭著往後縮，身上縱橫著傷痕。

「被打，會痛吧？」舒祈蹲下來，用冷冷的眼睛看著他。

「好痛，好痛，爸爸……媽媽……爺爺……姑姑……叔叔……嬸嬸……」小志拚命哭喊著：「你們是壞人！壞人！我要叫皮卡丘把你們電死！」

「你會痛，別人不會？」舒祈厭惡地看著這個孩子，「你為了搶奪，傷了花語，她一樣也會痛的。」

「是她不給我的！」

「為什麼都要給你？」

「因為我要啊！」

「那不屬於你。」

他語塞了，抽泣著瞪著舒祈。

「你想要皮卡丘吧？活著，會跑會跳，會電擊的皮卡丘？」

小志瞪大了眼睛。

「如果想要，我就破例為你創造一隻吧！但是你要記住，物件既然讓我創造出來，就有他們的靈魂和存在的價值。」舒祈的掌心開始出現閃白霧狀的光球，越轉越快，越轉越快，緩緩地成形，活生生的皮卡丘，身上棕色的毛還會隨風輕輕地飄。

「我的皮卡丘！」小志衝過去想抱那隻小電氣鼠，卻被強大的電力電得哀叫。

「牠電我！」小志吼著。

「那當然，因為牠是『活著』的皮卡丘。不是你隨玩隨丟的玩具。」

舒祈雙手抱著自己，頭髮充滿靜電地飛揚在空中，深深吸一口氣，轉瞬間創造了「神奇寶貝」場景的世界。

將絕緣手套丟給他，「去旅行吧！小志。如果你那麼喜歡皮卡丘的話，去吧！試著馴養牠吧！」舒祈的身影緩緩消失。

「喂！不要走！牠會電人！我會怕，喂……」

怎麼辦？皮卡丘露出鄙夷的眼神望著他，讓小志啼笑皆非。

「笨蛋！我是你的主人耶！哇，你又電我！」

回到自己身體，連翻身都有點困難。一起床，強烈的暈眩感讓她立刻衝到馬桶吐了又吐。

「創紀錄嘛！兩秒鐘架構一整個世界！強嘛！」承和怒氣沖沖地拉著她，「發瘋不是這麼瘋法的！」

「你不是還在跟我冷戰嗎？」舒祈有氣無力地說著。

承和腦門一轟，混蛋！一時情急……

「因……因為得慕不在，所……所以……」

「我在啊！」得慕一臉無辜地出現，承和的臉發燙起來。糗了！

「謝了。承和。」舒祈倒了杯水。

我即使孤僻，也還有朋友。

舒祈看著氣急敗壞的承和與擔心的得慕。

但是小志沒有。從小什麼都不費吹灰之力就能得到的小志，大約也不太需要朋友的存在。活在玩偶建構的世界，大人會供給一切。他只要「要」，就行了。

所以，他也只會要。要不到的時候，他用這種激烈的手段要脅大人。對的，大人會驚慌。小孩從來不是天使過。需要教育校正等，才有辦法從原始的惡質進化成人。

耗盡精力，舒祈沉沉地睡去。

然後，她完全不去關心小志怎麼生活，只通知蛇皇，對小志的處罰結束。就放著讓小志自生自滅。

原本打算一個月後再去看他，卻沒有想到小志能離開檔案夾，在螢幕內側哭喊地敲著玻璃。

「怎麼了？」

「皮卡丘……皮卡丘快死了！」他的懷裡緊緊抱住染著血的小電氣鼠。

舒祈幫皮卡丘治療的時候，他焦急地看著牠，幾天寸步不離地看護著。

「能抱牠了嗎？」舒祈笑著問。

「嗯！」他大大地點了頭，「花了好久的時間，一起經歷了好多事情，還打敗了很多敵人唷！」笑得像個孩子，「很久很久，他才肯讓我抱唷！」

「還會電你嗎？」

小志不好意思地擦擦鼻子，「會啊！吵架就會電我，每個皮卡丘都有自己的個性嘛！」

「嗯，皮卡丘受傷，你很擔心吧？」

小志點頭。

「但是你昏迷這麼久，爸爸、媽媽、爺爺、姑姑、叔叔、嬸嬸，都很擔心，你知道嗎？」

浮在空中的水鏡，倒映出坐在小志身邊看護的母親和父親。

「爸爸在哭，媽媽……」

「你擔心皮卡丘的心情，和爸、媽擔心你的心情……你懂嗎？」

第一次，他不是因為無法滿足欲望而流下眼淚。

「放下皮卡丘，回去吧！」

「不要！我不要離開皮卡丘！我會好好養牠的！」小志抱緊了還纏著綳帶的皮卡丘，「求妳，不要讓我們分開……」

舒祈定定地看著小志，孩子的瞳孔中，開始有著熱烈的苦痛和真摯的愛意。

「小志，你們的世界，沒辦法讓皮卡丘生活。就像是魚不能活在陸地一樣。皮卡丘跟著你，牠會馬上融化。你要這樣嗎？」

他哭著搖頭，開始學習別離。

「我只能說，你生命中的皮卡丘，會變化成不同的形態出現在你的面前，這是真的。」回去吧！回到你的身體。

小志像是作了一場很久很長的夢，醒來眼角還有淚光。

趙家為了小志的甦醒，上下亂成一團。

依約定，等小志的身體康復後，就將他送到森林小學。媽媽哭成了淚人兒，向來冷漠的小志，居然遞了手帕給她。

獨自在森林小學裡住宿，他沒帶什麼東西，就帶了隻皮卡丘玩偶。那個玩偶和夢中的皮卡丘最像。雖然一起居住的小朋友譏笑他，他卻只是笑笑而已。

開學後第二個禮拜，他們班又來了個小女生。據說開學前從二樓跌下來，昏迷了一個月。看見她時，小志有種強烈的熟悉感。

她總是笑嘻嘻的，有時會在小志鬧小孩子脾氣的時候，露出鄙夷的眼神。但是她和小志處得最好，教小志打彈珠，教小志爬樹。

等爬上龍眼樹，西望，正好太陽直往地平線下沉。

寬廣的、乾枯的河床，石頭雪白，細細的溪流被夕日染成金黃，整個天幕開演著絢爛繽紛的霞彩。

連小孩子都為之屏息。

「我在這樣的天空下面，和皮卡丘一起看過唷！」一說出口，小志就後悔了。他們班的男生就曾經大大地譏笑過他。

小女生大約也會笑吧？

「說不定唷！世界很大很大。我看故事書說，還可能有好幾個世界重疊在一起，也許，在彩霞那邊，也有世界有皮卡丘喔！」

小志突然漲紅了臉，歡喜被了解的通紅。他回想在舒祈為他開設的世界裡，髒兮兮的他和皮卡丘，為了找到河流而歡呼。洗過澡的他們，一起在樹上休息，皮卡丘吹著草笛，滿天的彩霞飛著變幻。

小女生吹著草笛，簡單的音調在晚風裡迴響。在這黃金打造的時刻中。

透過水鏡看著小志的舒祈，微微地笑著。為了小志創造出來的皮卡丘，只剩下外殼，靜靜地睡著。

將小志的檔案夾設成唯讀。也許將來，他會在夢境中回來這裡。和他的皮卡丘。

09. 愛林小札

四周的燈光緩緩消失，電腦仗著ＵＰＳ，光亮的字閃爍，一片漆黑中，分外地顯眼。

停電了？

舒祈打開窗戶，整個夜空濛濛的，但是十五的月卻渾圓。

真奇怪，沒事停什麼電呢？啟動自備的發電機，維持電腦基本的運作，她站在窗前，聽著都市漸漸嘈雜不安的鼎沸。

得慕到處逛了一圈，不可思議地說：「有座電塔倒了，全島將近四分之三的電力都消失了。」

只是倒了一座電塔？這太奇怪了。

緩緩地沉入酷熱的睡夢中，她順著電話的線路，飛快地抵達倒塌電塔的現場。

一堆彎曲的廢鐵和坍塌土石。但是空氣裡卻殘存著燒焦似的強大電流。被熔蝕似的彎曲鐵柱。

電流是被奪取的，所以造成了大規模的停電。這座電塔因為承受不住這樣高壓的電流攝取，才會熔蝕而崩坍。

她正想喚出土地神，矮小的、滿面皺紋的當地守護神，就笑嘻嘻地出現。

「貴人，呼喚我何事？」

「我不是貴人。」舒祈悄悄地皺皺眉頭，「我想請教您，關於停電的真相。」

「妳說呢？」笑容還是沒有改變，眼睛卻出現狡黠的神情。

舒祈回頭看看摧毀得這麼徹底的電塔。

「除了雷獸外，我想不出什麼樣的天獸或妖魔做得到。」她搜索著聽說過的種種傳說，搖搖頭，「但是雷獸早在天地大戰的時候，為了天界的勝利，被屠殺殆盡了，不是嗎？」

「貴人，」土地神笑得雙眉彎彎，雪白的鬍子飄動著，「雷獸的確滅族了，但是他的血緣，卻悄悄潛埋在人類的因子裡，妳不覺得很有趣嗎？」

舒祈呆呆站著，沒能說話。

「人類是種奇妙的生物。」土地神不管舒祈有沒在聽，自顧自地說下去，「不管能力壽命都比天人魔族要淺薄多了。但是頑強的遺傳因子和迅速的繁殖能力，卻是天人魔族望塵莫及的。我常說，天魔大戰事實上贏的是人類，因為人界除了人以外，不管天人還是魔族，都無法久居的。」

「他在哪裡？」舒祈抓住土地神。

「事實上，是她。一個女孩子。再說，我也不知道她在哪。將大量的電吸進體內，她就離開了。」

「撒謊！」舒祈緊張得冒汗，「人體禁受不住那麼大量的電。」

「所以她已經死了。只剩下魂魄的她，加上混著麒麟的血緣，貴人，妳了不了解其後的含意？兩種絕對不可能通婚、法力高強的神獸，卻因為人種族因子的包容並蓄，所以她同時有了相當高強的法力，加上用死亡來打破人體的脆弱。」

鬆了手，舒祈惱悶轟然一聲。

「天界準備怎麼解決？」舒祈轉身，望著天空依舊皎潔的明月。

「我已經呈報上去了。長老的意思是，靜觀其變。」土地神仍然呵呵地笑著。

對於天人的惡意，舒祈已經非常習慣，但是從來不曾像此刻一般，這麼樣地厭惡。

「貴人，妳打算怎麼處理？」為了將來的災難，土地神興奮得幾乎無法自持。

舒祈一把揪住他的鬍子，「閉嘴。你再不閉嘴，我就先處理你。」

* * *

「得慕，這不是意外。」舒祈簡單地大略說了遍。

「舒祈，這邊也發生了奇怪的病毒。」

奇怪的病毒？

醒過來，電還是沒有來。但是她的電腦裡檢查出一、兩K的壞軌。

「為什麼我們的電腦……」

得慕搖頭，「我不知道，突然而然沿著網路出現了尖銳的火箭，燃燒似地燒掉了那個檔案，然後就消失了。」

「檔案？」

「只是一個小小的文字檔。」

愛林小札。為了喜歡這系列書信體散文的流暢，舒祈收集了起來。

為了什麼緣故，病毒什麼都不破壞，就只破壞這個部分？

六點整，電來了。

隨著網路的活絡，被攻擊的電腦卻越來越多。目標都是「愛林小札」。

舒祈簽入每個轉信日記板的ＢＢＳ站，卻發現所有「愛林小札」的文章都消失了，空留一個目錄，包括版面和精華區。

不對勁。

「得慕，調人手去找看看，是不是所有的愛林小札的文章全消失了。」

真奇怪。她心底迴盪著不祥。

「是消失了。」得慕帶著驚異的表情，「全部。連個人電腦的都……」

「只要連上網路……」舒祈開始翻箱倒櫃，找出當初印出來的愛林小札。卻在轉瞬間起火燃燒，能熊的火猛烈著，卻在燒盡手稿後熄滅得無影無蹤，只剩下一地的灰燼。

不僅僅是火而已。是電！靠著電起火的！

「得慕，妳認識愛林小札的作者嗎？」飛快地簽入BBS站，舒祈問著。

「我認識。」承和開了口：「喂！妳們那是什麼眼光啊！我就不能認識文藝美少女嗎？她是個很單純的女孩子。文筆優美流暢，很喜歡看雜書。」

得慕斜著眼睛瞪他，「連這麼單純的女孩子也無法逃出你的毒手！」

「喂！妳這啥態度啊！沒聽過朋友妻不可戲嗎？阿林可是我的好朋友。」

「阿林？」舒祈開始回憶愛林小札寫的點點滴滴，行雲流水般，對「林」的種種愛慕與溫柔，感動著觀看者的心。

「你的朋友大約跟你的德行差不多。」得慕撇撇嘴。

「這倒是沒辦法反駁的，但是阿敏也總是笑嘻嘻的，她說，她只管阿林的上半身，不想管阿林的下半身。」

「他們相愛嗎？」舒祈開始翻阿敏的個人板，卻發現裡面一片空白。

「相愛。」承和抽著菸，眼神遙遠，「你看他們倆一起的樣子就知道，他們非常非常地相愛，雖然不可能結婚。」

得慕和舒祈都回頭看他。

「阿敏少了一條腿和生育能力。很早以前阿林他媽就講過了，絕對不讓阿敏進家門。」

因為這樣，才絕望的嗎？

平地焦雷，在清澈的清晨劃空而過，隆隆的回音在他們的耳間震盪。

舒祈沒來得及說什麼，飛快地侵入ＢＢＳ的主機，防火牆卻不像她預料的那麼脆弱，堅固得幾乎劈不開，等劈開了，飢餓甚久的防毒軟體，張著涎著口的獠牙，飛撲而上。

一口嚼碎了舒祈的劍，幾乎咬斷她的脖子前，被舒祈發出來的電光燒焦。

我的血緣中，又混著哪種天人妖魔的血液？舒祈苦笑著，捂著還在流血的傷口，在眾多的資料庫裡，找到了阿敏的資料。

若是她填寫的資料有誤，這趟辛苦就白費了。

她住在台北。地址填寫得非常詳盡。

在網路的電流中飛竄，發現得慕和承和也來了。

「笨蛋！回去守著！」舒祈焦急起來，「太危險了，若是我降伏不了她，要記得調軍隊來。」

「我們會放妳一個人自己去？」承和冷冰冰地說，「萬一妳死了，誰來維持電腦的運作啊？」

得慕給了他一拳，「舒祈，我們是夥伴。」

「呆子！」她心底焦急不已，不再勸說他們。

站在阿敏家的門口，電流竄動得肉眼都看得見，整棟大樓的人都因為微量的電擊暈了過去。

進入室內，阿敏的屍體橫躺著，臉上有著乾涸的眼淚，手腕上有著乾涸的血凝。正確地說，那是阿敏的皮。蛻變後的阿敏，上半身仍然是人的模樣，只是頭上長著麒麟角，皮膚上覆蓋龍鱗，指上有爪，下半身隱蔽在龍身中，長長地蜿蜒著。

「誰？是誰？」她的聲音嬌弱，爬蟲類特有的金色眼睛，讓她更為妖麗。

「阿敏，是我。還記得我嗎？我是阿林的朋友，承和，妳還記得嗎？」

「承……承和？」她露出溫柔的笑容，「是啊！好久不見了，承和……」

大家都鬆了口氣。

承和也笑著伸出手，「來，不要一個人坐在那裡，那邊很冷的。」

「承和，你好溫柔唷！」即使化身為雷獸，阿敏仍然嬌弱楚楚，「為什麼……要對我這麼好？」

「因為，我們是朋友呀！」承和試著拉她。

「趴下！」舒祈大喝一聲，將承和絆倒，雷電挾著火球轟然地在牆上打了個大洞。若是直接打在承和的身上，大約魂魄早已散盡。

「朋友？騙我！妳們都騙我！阿林……不要搶走我的阿林，不要騙我！」她用雙手爬著，淚水潸潸地流下來，「妳們……妳們……妳們統統去死吧！」

她張開口，電火交纏，房間轉瞬間化為火海一片。

在火海中，她落著淚，緩緩地爬行。剛剛蛻變的她，腦子還是一片昏沉。

爬到陽台，耀眼的陽光，無知地閃爍著光亮的雲彩。阿林……她趴在陽台上嚶嚶哭泣。死吧！死了就不會痛苦了。變成這種樣子，阿林……阿林不用人家搶就會走了……就會逃走了……

她從五樓倒栽下去。

「糟了！」三個人援救不及，幾乎及地的阿敏卻意外地往上一浮，雲從風生地飛躍於空。

連死都不行！已經瀕臨崩潰的阿敏突然抓狂起來，連死都不能嗎？

她朝著纖細的腰一拍，發出震動天地的雷聲，張口射出飛騰如龍的閃電，轉瞬間削去了新光三越展望台的屋頂。

大家都一起毀滅吧！一起死好了！

「怎麼辦？舒祈？怎麼辦？」得慕趕忙打開帶來的筆記型電腦。

「不要！」承和按住她的手，「求求妳，舒祈，不要殺她，她是個好女孩啊！她會變成這樣也不是故意的，不要殺她！」

不要殺她？怎麼控制得住她？

「得慕，不要動！」舒祈飛奔而上，和阿敏交纏在一起。

應付這個剛蛻變完成的妖魔，舒祈覺得非常吃力。她發出尖銳的叫聲，努力想把騎在她背上的舒祈摔下來。

「阿敏，冷靜下來！」舒祈被天風窒息得幾乎連話都說不出來，「阿敏……」

「我不是阿敏！我不是！」她狂叫著，不停地發出雷響和電擊。

「除了將自己的心臟剜出來，放在水晶的盤子上，我不知道，該怎樣為你祈福。

但是你說，你不愛我的血肉模糊，

所以我將心臟放回空空的胸腔，縫合。

將自己，獻給你，整個殘破卻微笑的——

蝴蝶標本。

愛你，只愛你。」

這是……這是……這是愛林小札中的一段，應該都毀了，會什麼她會記得？

「阿敏，我是妳的讀者，妳的每一篇文章，我都會看。」舒祈趁她呆住的時候，將體內冷靜的寒氣悄悄地輸進阿敏的身體裡面。

漸漸地中和她的火熱。

「妳也是來搶阿林的？妳現在跟我好，只是想要我筆下和現實中的阿林嗎？」阿敏不停地落淚，全身飛奔著雷與電。

「不是。」舒祈緊緊地擁住阿敏，「我已經有了自己的『林』，用不著搶別人的。」

阿敏緩緩地癱下來，「她們都……她們都說……是我的朋友……看我的文章，對著我寫信……她們都說……喜歡敏姐……喜歡我……但是……但是……越喜歡我，越和我好的朋友，就越喜歡我的阿林，非把他搶走不可，我不能給阿林未來，啊……我也想給他未來……」

癱在舒祈的臂彎中，她只剩下啜泣的力量。

仗著得慕張下的結界，人類只忙著救火，沒注意到這一行奇異的組合。回到焚燒過的阿敏的房間，阿林跪在阿敏的灰燼邊，連眼淚都沒有。

只是，跪著。

已經沒有力氣的阿敏，眼淚緩緩地橫過臉頰。

「不要碰阿敏！」葬儀社前來收拾的撿骨師，被阿林嚇了一大跳。

「哎唷，少年家，小姐馬是愛入土為安，哪湯放在這？」一面說著，一面開始將原本略成人形的灰燼掃成一堆。

「不要碰阿敏！」阿林一拳打過去，其他的人趕緊來攔，「不要碰她！不要碰她！她會痛的！她很怕痛很怕痛！不要碰阿敏！混蛋——」

回來啊！阿敏！我不再跟其他女生鬼混了……回來……趕緊回到我身邊……

＊　＊　＊

打在阿林身上的鎮定劑的效力，漸漸地消退。他躺在自己的房間，沒有開燈。月亮開始有了橢圓的曲線。

「阿林，你看！月亮像檸檬！」阿敏溫柔地笑著，有著可愛的小虎牙。

阿敏死了。

「是呀，你害死了她。」半空中，浮著螢光半透明的人影，定睛一看，居然是成為植物人許久的承和。

「承和？你……你也死了嗎？」原本以為阿林會害怕得奪門而出，沒想到居然撲上來揪

住承和，「阿敏呢？你應該會看到阿敏吧？她人呢？會不會很害怕？讓我見她一面，拜託，讓我見她一面。」

角落出現熟悉的啜泣聲，阿林走上前。

長著麒麟角，全身龍鱗，窈窕的身上有著龍紋的阿敏，眼睛變成狹長的金色。只有眼光中的楚楚沒有改變。

阿林俯身抱住她。「對不起！阿敏，我不是故意的……我再也不會了！」

雖然是這樣溼涼的感覺，阿林還是覺得，能再和阿敏相擁，是非常非常幸福的。

* * *

「阿林！你……你肩膀上是什麼東西！」阿林的媽媽發出驚天的叫聲。

「蛇。」他自顧自地吃飯，用荷包蛋的蛋黃餵那條金黃色的小蛇。

「快把牠丟掉！」

「不！」阿林大聲回答，「妳不是不准我娶阿敏嗎？現在我不可能娶阿敏了。」溫柔地看著那條小金蛇，「但是我要養著牠，其他的事，隨妳的便。」是吧？阿敏？阿敏？我們要一直在一起。

「阿敏，這樣就好？」承和問著沉睡在舒祈檔案夾裡的阿敏，她沒有回答。

「她現在寄身在那條小金蛇身上，只有晚上才會回來。」舒祈拉拉承和，不讓他去吵阿敏。

「這也算是好結局吧？」得慕笑嘻嘻的，「而且，妳看！」

舒祈探頭看著沒插插頭的電腦，卻能夠正常運作。

「妳？得慕！」

「我們只要有阿敏，就等於有了自用的發電機了！電腦不用外面的電了。」

舒祈呆了一會兒，完了！連自用電廠都有了，天界……

「給我一顆胃藥，Please。」

10. 軍魂

自從喚醒迷失的雷獸阿敏之後，肉體的非常疲勞狀態一直無法解除，若不是暈倒了兩次、被得慕疲勞轟炸若干天，舒祈是不會到醫院的。

生死的交替，初生的嬰兒和死者的哀啼，舒祈扶著額頭，太多的負面情緒使得她頭痛不已。

「妳確定我來醫院會痊癒？」她嘆了口氣。

得慕不甩她，硬把她拖進診療室，「反正已經頭痛了，多痛點也沒關係。醫生會把妳的身體治好的，忍耐一下。」

排了兩個鐘頭，看了五分鐘，拿了一大包五顏六色的藥片，還搞不清楚自己是什麼病。

「醫生知道就好了，妳知道又能幹嘛？」得慕搶白了舒祈一頓。

真是……

非常擁擠的醫院。活人穿過徬徨無助的死者和昏迷者的靈體，無知覺地說說笑笑。

再多的硬碟也收不完這些可憐的亡魂生靈。

不過，這些慌張的靈魂也看不見她。倒是得慕熟練地和死者打成一片，像是檔案夾裡的德瑞莎修女。

她搖搖昏昏的頭，正準備步出醫院，後腦像是被打了一拳，火辣辣地劇痛起來。

四周像是相片的負片，一格一格地慢慢播放。一大群斷手斷腳、面孔燒焦、全身充滿彈孔、腸子內臟外露的軍人鬼魂，隨著瘖啞的集合口令，滿山遍野、殺聲震天地集結起來。

恐怖的不是軍魂的慘狀，恐怖的是那種悲傷惶恐，和永遠無法解脫的痛苦。

救我……救我們……黃埔軍魂聲勢壯……救我們……救命……媽媽……我要回家……

九條好漢在一班……

舒祈眼睛張得大大的，兩行眼淚在沒有表情的臉上縱橫。

忍著劇烈的頭痛，踉踉蹌蹌地前行，終於在二樓的病房看到幾乎實體化的惡夢。

作著惡夢的老人呻吟著，兩手在空中亂抓，身邊圍著親人哭號，那些軍魂們也同樣慌張地喊著。

師長，救救我們，我們幾時回大陸？娘……爹……兒子唄……小娃兒……好痛……好痛喔……我的腳呢？我的手呢？

師長，你要替我們做主！

我們要回家啊！

怎麼這麼多？舒祈頭痛得幾乎裂開來，強大的鬼魂軍團，充塞得連空氣都快沒有了。

住手。她深深地吸了口氣。

這麼圍著師長，師長又病倒，怎麼替你們做主？她無聲地對著鬼魂們說話。

身上發出冷靜的寒氣，將軍魂們滾燙的疼痛稍稍去除些。

輕輕地念了一段安魂咒，原本充塞著的軍魂緩緩昏迷、消散。原本痛苦不堪的老人，停止了亂抓，呼吸漸漸調勻，隨著舒祈溫柔的安魂咒睡去。

沒想到在荒墳跟野鬼學來的安魂咒真的有效。舒祈苦澀地牽動嘴角，在掌上畫了個符，壓在門上，做了個小的結界，不讓這位師長受到無謂的侵擾。

她轉身要離去，「葉小姐！」忽然有人喚她。

回頭，發現小志的父親驚喜地和她面對面。

「是妳？那爸爸有救了！」

趙太太擠過來，話也不說就跪地哀求，「葉小姐，求求妳救救我爸爸，我爸爸……我爸爸……」

為什麼醫院總有這麼多的眼淚？舒祈覺得空氣越來越稀薄，她揮了揮手，逃命似地逃出醫院，在門口外的排水溝，哇地一聲大吐特吐了起來。

「葉小姐！」趙太太和趙先生居然追出來，不顧馬路多少人看，齊齊跪下來。

有沒有人看見我吐得死去活來？舒祈的無奈，真的不是一點點而已。

「別跪了，」舒祈虛弱地倚在牆上，「有時間跪，不如告訴我事情的始末。」

小志的外公是南部一整個師的師長。據說軍營裡鬧鬼，他發脾氣訓斥了屬下一頓，自己去察看。哪知道回來就變成這個樣子。

「醫生說什麼？」

「醫生說……」小志的媽媽不停啜泣，「醫生說，爸爸應該是精神分裂……」

倚著牆，看著滿天紫霞西飛，頭痛仍存，心裡孤單的感覺，卻像夜風漸漸濃重。

看得見別人看不見的東西，並不是一種運氣。就像舒祈。

她的能力與生俱來，但是父母親一開始只覺得厭煩。期期艾艾、口齒不清的小孩子，固執地堅持家裡有許多奇怪的人來來往往，常常一個人在家的母親當然會害怕。

否定小舒祈的話，就可以否定心裡未知的恐懼。後來乾脆將舒祈送到心理醫生那裡去。

發現自己的誠實可能會害自己離開溫暖的家，她恐懼地學會了「說謊」。

漸漸成長，漸漸視而不見，知識的累積和俗世的價值觀，漸漸蒙蔽了她清明的心眼，她

也以為自己「痊癒」了。

若不是毀情自殺，生死徘徊的那關打破了，她大約到老也是個普通人。

精神科不知道關了多少不知道如何自處的通靈者。

不知道是悲憫師長，還是悲憫自己，心底隱隱地發著痛。

「師長沒有精神分裂。」她喃喃著，「一個禮拜後就能出院了。到時，我再到恆春找他，好嗎？」

「恆春？妳怎麼知道？我還沒說……」小志的媽媽眼底流露出敬畏和害怕，這已經是舒祈慣常看到的。

揮揮手，回去大睡了一場。

＊　＊　＊

下了飛機，草綠色的吉普車已經在出口處沉默等候。

她對著司機微微一笑，穿著草綠制服的他，緊張地嚥了嚥口水，勉強笑了下。

舒祈望著窗外一片草綠青青，覺得籠著深深的哀傷。

「師長。」舒祈趨前跟他握手，不再躺在病榻中的師長，眼神炯炯地看著她，「葉小姐，幸會。」

「怎麼發生的？」幾位軍官互相慌張地一望，那種深沉的恐懼，似乎還在他們心底迴響。

「葉小姐。」師長清了清嗓子，「聯訓中心有個大操場，每天早上，我們的弟兄都會在那裡操練。但是晚上的時候，那裡也有人使用。一開始，營長向我報告的時候，我還發了頓脾氣。」

但是，類似的事情越來越多，侵襲的範圍也越來越大。除了操場，籃球場半夜也常常聽到打籃球的聲音，醫務官早被斷手斷腳、哭著來求藥的無頭鬼嚇得驗退。

鬧到最後，連司令部都能聽到半夜喊集合的聲音。還有震撼天地的殺聲。

「看得到吧？」舒祈站起來，「去看看？」

也只是一片青翠的廣大草地。只有師長和她一起探勘著，「師長，你在這裡親眼目睹了他們嗎？」

原本嚴肅的師長，轉瞬間慘白了臉孔，簌簌地發抖。

「是……是的……他們……他們要我上去訓話！」滿頭的大汗不停滴了下來。

舒祈沒有說話，只是輕輕拍拍他的肩膀。往四周一望，出了一會兒神。

「晚上我們再來。」

當夜晚降臨的時候，師長緊張地坐在司令台上。同行的還有幾個營長和舒祈。

一過了一點半，淒厲的「集合！」迴響了整個空盪盪的操場。

那是非常驚人，也非常地獄的景象。

滿山遍野，從遙遠的海底，或是地下冒出來，慘不忍睹的鬼魂們。拖著折斷的腿，甩著只黏了一小片皮膚的手，現著髑髏的臉，歪著頭，痀彎著背，滿身是蛆和揮之不去的蒼蠅，惡臭的氣味滿盈著空氣。

破破爛爛的軍服，陰森恐怖的面貌。非常迅速地集合完畢。

只剩下骨架的指揮官，轉過來，看著師長，「請長官訓話！」

「師長，記得我剛說的？」舒祈小聲地對著師長說：「請他們安息。軍人的魂魄，還是只服從長官的。」

機械式的，師長站了起來。塞得滿滿的大操場，數不清的紅色鬼眼盯著他不放。

數不清……恐怖的、猙獰的鬼臉……鬼……鬼……到處都是鬼。不管在這裡還是那裡，到處都是鬼……

碰地一聲，師長昏了過去。集結的鬼魂哭號著，突然失去控制地撲上來，卻讓舒祈張開的結界擋了回去。

等師長清醒過來，盯著天花板許久，不發一語。

「我還是退休吧！」不過是一夜的光景，原本英氣勃勃的師長竟成了頹唐的老人家。

「哦。」抱著胳臂站在窗邊的舒祈，只應了聲。

「我是軍人，居然看到鬼魂會昏過去，失去勇氣的軍人，有什麼存在的價值？」一夜白頭。也只一夜，就可以失去鬥爭下去的勇氣。

大約那幾個營長的訕笑，讓師長聽了去。

「沒關係，若是各位不怕，也可以上前訓話。」舒祈對著那幾個交頭接耳、譏笑不已的營長，臉上一點表情也沒有地說著。

只見那幾個營長的臉一片慘白。有人上前？沒有。

「對於未知的事情感到恐懼，這是應該的。再說……」舒祈拍拍師長被單上的手背，「這不是單純的害怕，相信我。」

我是不怕的。

向師長借了臂章，借了女軍官的衣服，舒祈打扮了起來。是夜，她沒讓誰陪伴。

同樣淒厲的場景再現，她聽著沉重的足音，心底茫然起來。

戰爭，這就是戰爭的真相，死亡呼喚死亡，痛苦呼喚痛苦。深陷其中的人類，即使死了，還不停重播死去那刻的痛苦和生前的使命。

可笑的、殺戮的使命。

「請長官訓話！」

她走上前，望著台下一片紅色鬼眼交織出來的閃爍。

「各位弟兄，辛苦了。」舒祈的聲音，雖然溫柔低沉，卻到很遠很遠都聽得見。

第一次，有長官願意對著他們說話，鬼魂們專注地望著台上，斷去頭的戰士，將頭舉高起來看，失去雙眼的，也掏出口袋裡支離破碎的眼睛。

「戰爭已經結束了，弟兄們，你們已經完成你們的任務了，可以安心地休息了。」不管是天堂還是地獄，都可以從容地進入。

掃過這群數量龐大的軍魂，舒祈的心痛越來越擴大，越來越擴大。不是中國人而已。日本人、美國人、西班牙人、葡萄牙人、維京人……甚至是特洛伊戰爭裡死去的古希臘人，都在行列之中。

隨著潮汐，這些死於海中，或是魂魄無所皈依的軍魂們，只好無助地繞行著各大洲，懷著死前的恐怖，數量漸漸匯集，最後在有鬼門之稱的日本、台灣附近迴流。

戰爭不是他們下令開打的。死亡也不是他們自己想要的。但是他們死了。負擔著一個個家庭的破碎，還有無數家庭的心碎死亡了。

多少春閨夢裡人……

誰會去想軍眷們背後的眼淚？潮水……潮水般的哀痛……

舒祈向來冷漠的臉上，開始滾著透明的眼淚。她緩緩走下司令台，看著只剩下骨架的司令官，未去盡的殘肉，還有些蛆蠕動著。

懷著怎樣的心情，他無依地守著自己的屍身，無助地看著自己只剩白骨一堆，任憑禿鷹蛆蟲啃噬掉自己？

緊緊地抱住他，舒祈的哭泣無法停止，「好了，一切都過去了，生前的痛苦已經結束，那些都不存在了……」

師長？

抱住長官，他有一絲茫然。過去了？我的痛苦應該不在了？

他舉起手，怯怯地想替師長擦去眼淚。

我的手。這是我的手。他看著完整的手，光滑得像是剛剛入伍時，強健充滿活力的手。

我的臉，我的身體……恢復了！都恢復了！

痛苦地一仰頭，舒祈發出尖銳的哭喊。霹霹啪啪的靜電橫過天際，像是沒有聲響的雷電。

軍魂們發出歡呼，身體的傷殘，為了這閃電似的榮光，完全復原了。

有的相擁而泣，有的跪地大哭，整個可怖的隊伍，漸漸地消失了。

空盪盪的操場，舒祈漸漸止住淚水，只剩下劇烈的頭痛無法止息。

* * *

舒祈緩緩地走回去，半路上，真的支持不住，蹲了下來。

耗費太多能力，她的頭像是快要裂開，千百條小小的蟲子在翻滾。

「舒祈？還好嗎？」

這熟悉的聲音，不應該出現在這裡……

她抬頭看著，十五的月色正明亮，照得他滿頭的銀絲發光。

「仲文？」猛然站起來，只覺一陣頭昏，仲文急忙扶住她，讓她靠著自己的胸膛。

心跳，仲文的心跳……原本像是被斧頭劈開的頭，漸漸消失那種劇烈的疼痛。

滿月的光芒抱著她，仲文就是她的月光。

「怎麼會在這裡？」舒祈抬頭問他。

「呵！我在聯訓中心受訓……」

輕輕推開他，舒祈突然讓慌亂抓住。「剛剛……剛剛……剛剛的情景……你也看到了嗎？」

「看到了。」他點點頭，「但是我看得不是很清楚，聲音倒是聽得到。」

恍惚了一秒鐘，舒祈定定地看著他。

一直不想讓仲文知道自己的能力。身為職業軍人的他，長年在外島駐守，為了這樣遙遠的距離，舒祈反而有點心安。

起碼他發現自己異於常人的機會，就會稀少很多。

現在，他怎麼看待我？舒祈突然覺得好渴，深沉的、恐懼的渴。

「我去換衣服。」她匆匆地想逃走。

他反而將她的頭用力地按在胸膛。「舒祈，一個人要去面對那些……一直都是自己面對嗎？可憐的舒祈！」

他哭了。

舒祈的心防也崩潰了。她嚎啕地、不能控制地哭泣起來，花間月影，恆春特有的白水木輕輕飄香。

她反身抓緊他。我一定會保護你，我心愛的人……在雲去如飛、月色忽明忽暗的夜裡，舒祈吻了他。

*　*　*

「這樣好嗎？」回去昏睡了好幾天，得慕憂愁地問。

「沒什麼不好。」氣血兩虧的舒祈，蒼白得像是搪瓷娃娃。

「把妳的氣給仲文當結界……」得慕搖搖頭，「妳損失了將近一半以上的氣呀！」

這樣，敵人才不會知道仲文的存在。她不擔心魔界，卻恐懼天界日益敵意的表現。

「但是，妳會早死呀！」得慕生氣起來，「起碼損失了一、二十年的壽命，這就是妳和仲文想要的嗎？」

「放心，臨死前會將所有的檔案都上傳到天堂或地獄。」她起身，打開電腦，工作荒廢了幾天，舒祈覺得很是心焦。

空間不足？看著電腦上的訊息，舒祈發起呆來。

怎可能？應該還有幾ＧＢ的空間呀！她開始察看檔案夾，發現了占了將近六ＧＢ的檔案夾。

「得慕！」她吼了起來：「這是怎麼回事？」

得慕怯怯地跑遠些，小聲地說：「是他們自己跟來的唷！不是我去找的。」

「他們？」

「就是那些軍魂嘛！妳損失了那麼多的氣，我們檔案夾裡又沒有正式的軍隊，將來要對壘很吃虧耶！既然他們願意『都』留下來效命，那就……」

「都？」舒祈的頭整個痛了起來。有了軍隊，你覺得呢？天界說不定開始緊張地演習了。

舒祈邊穿衣服，對著自己苦笑。她除了出門再買一顆硬碟外，一切都只能聽天由命。

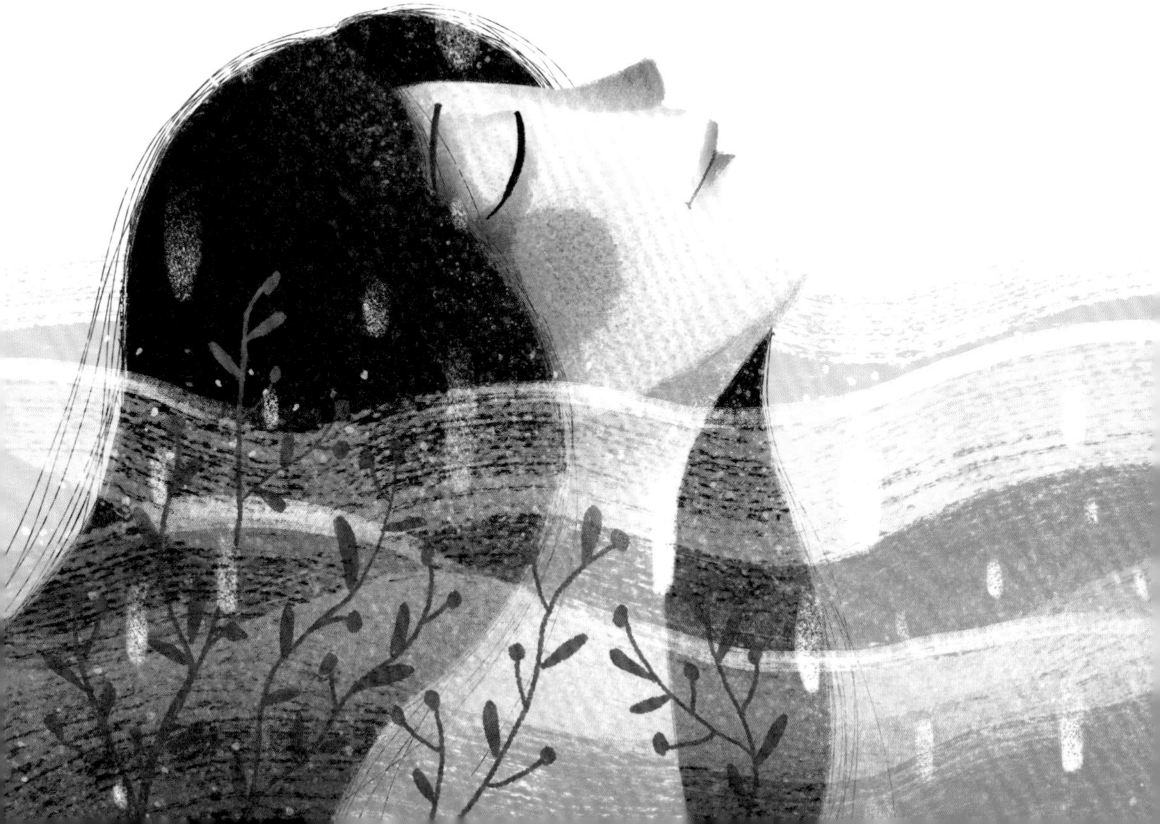

11. 甦醒

回到醫院複診，望著熔漿般朝世間傾倒的烈日，舒祈無奈地張開了銀灰色的洋傘。

即使是借來的一絲絲人工的陰涼也好。這種豔陽天，幾乎讓低血壓的舒祈枯萎。

「太好了！哇！有洋傘一起躲耶！」驚詫地回頭，熱情的笑臉迎上來，「舒祈，幹嘛？鬼月到了，妳也畫個慘白的粉底應景唷？」

「瑞德？」舒祈望了望常常拿空白的健保卡糗她的瑞德，「妳來醫院？幹嘛？抓娃娃？」

「靠！」她一掌差點打碎了舒祈的心臟，「我這麼小心的人怎麼可能？看！」她亮了亮手臂上的一個小小突起，「諾普蘭，酷吧？足足有五年的避孕效果唷！」

舒祈看看周遭異樣的眼光，只是按按額頭。

「那妳呢？」瑞德好奇地打量氣色慘敗的舒祈，「不舒服？怎麼一個人來？」

我不是一個人。很想這樣苦笑地告訴她，最終還是閉嘴。

「來我家啦！就在附近唷，雖然我懶得燒開水，冰箱倒還有幾瓶礦泉水。」

進到了瑞德的家裡，整個房間凌亂得幾乎無處落腳，但是卻充滿女孩子特有的香氣。

「那種髒衣服、髒襪子都在陽台啦！」她一面收著眼前的東西，一面笑嘻嘻地說，「薰死隔壁不干我的事。」

舒祈笑了。「怎麼捨得搬出來？不是打算吃垮爸媽一輩子？」

「呵呵……」她終於整理出能坐下的地方，倒了杯冰開水，「這裡離承和的醫院近啊！」

舒祈望著她，瑞德還是一副理所當然的樣子，「住家裡就沒辦法天天跑去看看他了。」

兩年多了……還是三年了？

「三年。」瑞德捧著有著冰冷水滴的玻璃杯，「三年了，這個笨蛋連躺下的理由都那麼不稱頭。如果是飆車出事，我還覺得有點光榮。居然一輛公車就讓他躺那麼久，實在很沒面子耶！」

靜默。細細碎碎的風鈴聲，寂寞地填著空白。

瑞德轉頭去看那串風鈴，「俗吧？這種年頭哪有人掛風鈴？不過那個死人，在一起這麼久，也就送了那麼一樣東西。」

她笑了起來，「不要看房子又小又貴唷！有風，熱的時候還有冷氣，雖然有點滴水，但是我在下面裝了個漏斗，就不會滴到別人家的屋頂啦！」

「妳連信用卡掛失都不會，現在會修漏水？」舒祈的頭垂著，聲音變得瘖啞而緩慢。

「我現在會了啦！」瑞德轉過去撥風鈴，「我還會修燈泡保險絲，還會修理電視和電腦唷！」她伸伸舌頭，「吹風機很好用。很多很多的毛病都是潮溼的緣故。」

「忘掉承和，忘掉他啦！」舒祈頭還是低著，「換個男人，妳的男人不是很多很多嗎？」

「換得掉我也想換。」瑞德的表情空白了起來，她不敢轉頭，怕轉頭就會淚眼滂沱，「我又不欠男人！但是我就是換不掉啊！我就是會想他，就是會去抱著他啊！他又還沒死！就只是……就只是……就只……」她雙手握得指節發白，「就只是睡了嘛！他一定會醒過來的。」

「他是個爛人。承和玩過的女人多得要命，連舒祈他都玩過，妳知不知道啊？」

「但是他心裡頭只有我一個。」開始沸騰心底的火氣，「舒祈，不要說了，我會趕妳出去唷！」

良久，瑞德氣得不想看舒祈，舒祈也不吭聲。

不太對勁。舒祈今天不對勁。

「舒祈，妳是不是熱昏了？」瑞德心裡開始覺得有點異樣。

「妳的心裡……如果……如果只有承和……那為什麼……為什麼還跟別的男人睡覺！」

舒祈的瞳孔，像是要燃燒起來一樣。

終於發怒起來了，「是你先這麼做的！」不對，她是舒祈，「是承和先這麼做的！他總是背著我跟別的女人上床，總是這樣，總是這樣……我為什麼不能跟別的男人上床？反正他又不知道在哪個女人的床上？承和是個大爛人！」

張大眼睛，希望眼淚不要掉下來，拚命地、拚命地忍耐。淚水緩緩從眼底湧上來，怎麼也阻擋不了，「我跟別人睡覺他也無所謂嘛！他到底愛不愛我？我卻這樣拚命地想他醒來，就算他愛別人也好，只要他平安就好……」

淚流滿面的舒祈，卻用力地抱住了瑞德，輕輕地說，「對不起……紅……對不起……」

舒祈突然往後一仰，瑞德趕緊抓住她，「舒祈！」

「我沒事。」一頭一臉的冷汗。

「剛剛妳說什麼？紅？」瑞德呆呆地看著她，「那是承和才知道的小名……」

「我有說嗎？」舒祈虛弱地說，「我熱昏了，不知道說了什麼，給我一杯鹽水好嗎？」

不顧瑞德的擔心和挽留，舒祈堅持離去。

「舒祈……」一直跟在旁邊的得慕，擔心地看著蹲在瑞德門口的承和。

「他在哭。」

「別理他。」舒祈覺得心口煩噁，開始佩服那些讓死者附身的靈媒。

「誰說我哭了？」承和跟上來，冷冷地說。

在初昇月光下站住，舒祈轉頭過來看著承和，閃著她解剖似的眼光，承和只能無力地躲藏。

「繼續躲吧！承和，瑞德說得沒錯，你是個爛男人。不但是個爛男人，而且是個殘廢。」

「沒錯。只要我一醒過來，就會是殘廢了。這樣妳高興了吧？」他突然大聲了起來。

「不用醒過來，」舒祈將她嚴厲的眼光收回來，「現在的你，就已經是感情上的殘廢了。」

沒有理睬他，舒祈只顧著趕緊逃回家裡，將冷氣開到最大。

呆呆看著舒祈離去的背影，承和在外面遊蕩了很久。就像遊魂一樣。

他自己笑了起來。我本來就是遊魂了，又何必「像」呢？

遠遠地聽見了瑞德的哭聲。哭什麼？笨女人！趕緊忘掉我。

他沿著電線裡的電流，到了她開啟著的電腦，俯瞰著她。

幹嘛哭得這麼心碎這麼苦痛，這麼難過和嘶喊呢？他還醒著的時候，他們可是常吵架的，吵完就激烈地做愛。

這麼幾年，他看著瑞德不停地換男人，就像他醒著的時候一樣。他也從最初的憤慨和怒火，慢慢變成現在的無奈和接受。

若要錢，承和家裡只算是小康，比不上瑞德其他有錢的男人。若要人，躺著不會動的承和，根本算是半死了。若是貪戀承和的性能力，說真話，人外有人，這也不是他真正的優勢。

為什麼？他不懂。

回到自己滿是漂浮的航海世界，他發現，無法和以往一樣，平靜得幾近睡眠地休息，心裡滿是浮躁。

這種煩悶的心情，沒法子在鴉片館得到任何紓解，也沒辦法在和其他美豔居民的性交裡取得任何平衡。

在檔案夾和檔案夾間，不停地遊蕩著。他想著，三年了。他看著電腦裡的居民越來越多，越來越有組織，天界和魔界的敵視，讓這些無依遊魂更加憂患和團結。

經過阿敏沉睡的發電廠，經過軍隊的震天殺聲，經過了研究魔法和科學的各式各樣研究所。

這麼多人的生靈亡魂……就只是相信了舒祈而已。

他知道，居民們有事會先去找得慕，解決不了才去找舒祈。但是居民的口頭禪幾乎都是這樣：「這個若是問舒祈……她大約會……所以我們就……」

不用醒過來，現在的你，就已經是感情上的殘廢了。

冷冷的話語，冷冷的控訴。不，他不想找舒祈，起碼不是現在。

信步漫行，深入到居民們膽寒的角落，幾乎沒什麼人敢來打擾的恐怖妖魔。

遲疑了片刻，他試著推開深黝的大門。

「晚安，蛇皇。」

比夜還深，比死亡還沉的長髮，幾乎占滿了整個檔案夾。只有蛇皇白皙的身體、銀鱗的蛇身和鮮豔欲滴的紅唇，是這片漆黑中唯一看得到的顏色。

「真是稀客。」蛇皇正靠臥在自己濃厚的頭髮中，看著手裡的書，「居然一天內，超過兩個訪客來看我。」

站在滿是長髮的房間門口，他站了一會兒，然後踏過滿地的長髮，直視貓妖美麗的綠色瞳孔，邪惡卻妖冶。

隸屬貓妖系統的蛇皇，從父系那裡得到了蛇身，也就身兼貓妖和蛇精的強大能力。長居人間，雙重性別的她，是夜空邪祟的王者，帶領著大批的妖魔鬼怪，狂笑著橫過天際，散播惡夢和瘟疫。

這樣強大的邪魔，卻甘心讓舒祈拘禁在檔案夾裡。

「為什麼？因為我愛上了舒祈呀！」她將纖白的一根長爪，輕輕地按在嬌豔欲滴的唇，微閉著一隻眼睛。

「舒祈說，千萬別聽妳的話，蛇皇大半都在說謊。」承和乾脆坐在蛇皇伸手不可及的身邊。

「但是也有部分的真實。」她瞇起眼睛笑，那種溫柔嫵媚的樣子，讓承和失神了一下子，

差點被削去了半個頭——若不是他閃得快，而蛇皇只是好玩的話。

「唷，舒祈下功夫教過你。」讓狂暴的長髮平伏下來，剛剛像是尖銳的鋼絲，輕輕掃過承和的臉，火辣辣地出現了巴掌大的傷口，「她告訴過你，我很危險？她沒說嗎？」

「她說了。」承和開始打起精神，「但是我想跟妳說說話。我不知道該問誰……或許我和妳有著相同的氣味。」

「你是說，貪圖漁色的氣味？」

「……」或許吧！「蛇皇，怎樣的人或妖魔妳沒有，為什麼非舒祈不可？」

「那是因為，我獨獨愛上了她，想霸占她的身體和靈魂。」她將書擱下，「但是霸占了她以後，她就不再是現在這個強壯而冷靜的舒祈了。這樣一來，我又得再去找另一個，然後如此循環。你知道，舒祈就那麼一個，是無可取代的。」

承和咀嚼著這個答案，「真的嗎？」

「舒祈沒教你嗎？我有可能說謊。」

承和看著她良久，那美麗的碧綠眼睛。這樣

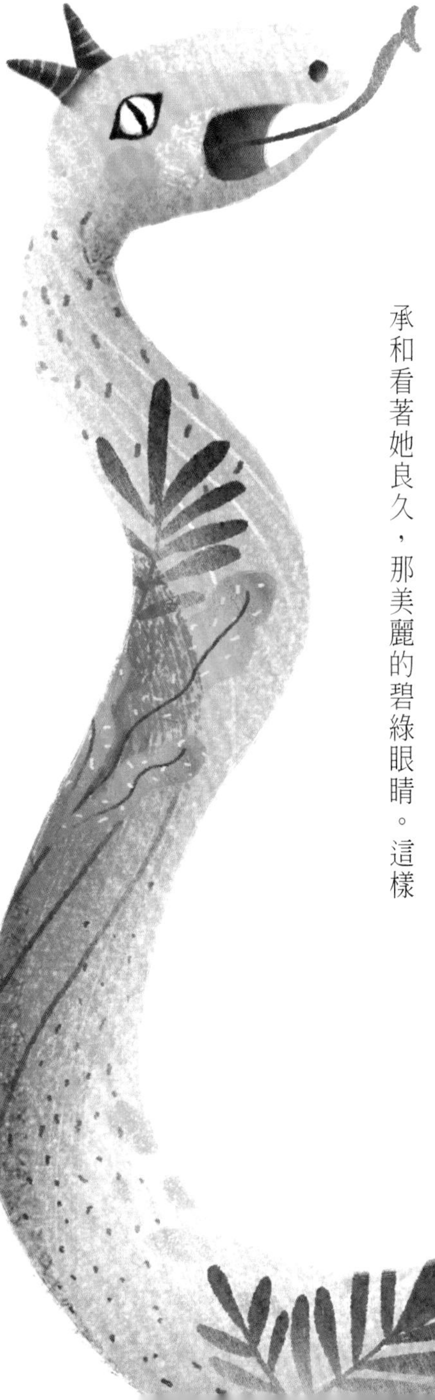

隨便地被一個非常薄弱的理由拘束在小小的檔案夾裡。

她或許說謊。

「但是也可能有部分真實，對吧？」承和對她笑笑，「只是我得想想，哪部分是真實的。」回望著承和的眼睛，被鐐銬在硬碟裡的妖魔，的確讀出相同的氣味和訊息。

「今天星子來看我。」她的聲音突然變得溫柔，「所以，我的謊會說得少一點。」

「星子？」

蛇皇溫柔地笑笑，「是的，我的女兒。為了今天舒祈和星子都來看過我，我就讓你走吧！」

檔案夾的大門打開，承和向蛇皇行了個禮，才轉身，劇痛從左肩骨貫穿過去，紛飛的頭髮，從破碎的傷口迅速地蛇行進體內。

猛然被拖回去，連回手的時間都沒有，只看見蛇皇溫柔的眼睛，「但是，我又為什麼要對你誠實呢？你又不是我愛的人。」

她的舌口帶著濃重的蛇腥味，這氣味卻意外地像精液。在她的毒牙刺進承和的頸子時，他居然沒有害怕，卻想起不相干的事情。

「好吃嗎？」每次瑞德幫他口交的時候，總是讓承和興奮莫名，像這樣仔細地將他舔乾淨，他會嘶啞地問這句。

瑞德只是笑笑。

但是有回他隨口問了瑞德，「別的男人妳也吞吧？」沒想到瑞德當場翻臉，騎在他身上死命地捶打，被打得莫名其妙的承和，花了好大的力氣才制服了瑞德，她又發神經地哭了很久。

不好吃。後來他跟別的女人做，那女人堅持他得吞下另一半精液，他才發現，瑞德吞下了多麼腥羶、多麼苦的精液，每次都是笑笑的。

為什麼？別人不行嗎？

被舒祈從蛇皇的嘴底搶救下來，幾乎去了半條命的承和，完全沒有聽到舒祈激動的斥罵，心底就盤旋著這些不相干的話。

那是因為，我獨獨愛上了她。

蛇皇碧綠的眼睛，在黑暗中閃爍，讓他想起送給瑞德的那串風鈴。碧綠色的，台灣玉雕的風鈴。因為瑞德的名字裡帶著玉字邊，他也想送她一串玉。

瑞德。

藉著舒祈的身體，他又能抱瑞德了。但是因為不是他的身體，所以，瑞德不知道，也不會有什麼反應。

她愛的是什麼？整個？全部？精神到肉體嗎？缺哪個都不行？

為了什麼？他會為了追求性愛上的冒險，一次又一次地背著瑞德，理所當然地認為瑞德不介意，所以也裝著不介意她的其他男人呢？

這是為了什麼？

他不明白。

瑞德也不明白，為什麼她就是放不下這個半死的承和，不過，她早就放棄了追究理由。她只知道，還是要看見他心裡才踏實。即使他只剩下呼吸和心跳也沒關係。只要他還活著，那就可以了。

「還有唷，」她習慣性地對著承和嘰嘰喳喳，「那天舒祈有到我們家唷！她好奇怪，說了些傻話。該不會她還對你舊情難忘吧？」邊幫承和擦臉，邊擰擰他的鼻子，「你唷！有什麼好的？讓我們兩個女人這樣吵架？」

「我也不知道。」承和將眼睛睜開，三年沒開口，費了一整個上午的時光，現在才能說話，「所以，我在等妳告訴我。」

瞪著甦醒的承和，瑞德愣愣地望著。

隔了很久，她嚎啕的哭聲，才驚動了護士，發現了這個奇蹟。

* * *

舒祈的微笑，淡得幾乎看不到，將承和的檔案夾刪除。

承和在這裡留得太久了，復健會是很漫長的路。但是，瑞德深夜的眼淚，大約也能停止了。

讓她的眼淚，侵擾了許多夜晚，現在，終能安靜。

「……」得慕靜默了一下子，「……這樣就好啊？承和跟我們一起經歷了很多事情……他雖然是個爛人，好歹能力也還在中上，勉強能當當差……」

「捨不得我啊？喂！舒祈，幹嘛刪我的檔案夾？趕緊從資源回收筒拿回來。」

承和漫不在乎的臉孔，又在電腦出現。

「你又死了？」舒祈開始頭痛。

「妳還沒死，我哪敢先死？」承和頂回去，「我不放心那個軟腳蝦陪著妳。」他指著得慕。

「哇靠！誰是軟腳蝦啊？」

「妳。」

「哇勒……」

舒祈什麼話也沒說，靜靜地將檔案夾從資源回收筒救回來。一片躍鬧中，她找到自己才能掌握的安靜。

外島的下弦月，也像窗外的一般圓吧？瑞德終能安眠。

她笑。伏案。

親愛的，親愛的仲文，我卻必須憂心忡忡，為了你的這夜連續過下一夜。

在你不知道的時刻，小心地守護你，讓你能迎接每一個甦醒。

你可知道？

珈瑪輕輕地喵了一聲，代替回答，跳上舒祈的膝蓋，蜷著睡著了。

番外篇

海魔前傳

他靜靜地倚著牆站著，正在聽ＣＤ。

穿著藍格子、釦子沒扣上的襯衫，裡面雪白的針織品底下，有著健美的肌肉，含蓄地起伏，合身的牛仔褲。

在這著名私立女校的圍牆下站著，來往正懷春的少女，不禁回頭再三戀戀地張望。

但觸及他那雙墨黑深沉的瞳孔，總是會在心底打了個突，然後有些害怕又不捨地低頭。

那雙墨黑的瞳孔，違反東方人眼瞳真實的深咖啡色，反而漆黑得像是完全沒有星光的夜晚。蒙著冰晶，冷冷地反射別人的愛慕。

幸好他總會安靜地垂下眼睛，讓長長的睫毛為他掩飾那種冷漠的淩厲。

聽完了〈幫幫忙〉，他又將ＣＤ循環播放。

沒有不耐地沉著。他知道，今天曉媚得參加唱詩班的練習，所以會晚一點。

遠遠地，晚風送來了曉媚的笑聲。他也跟著微笑，瞳孔裡的冰晶，漸漸地融化。

他閉上眼，像是會看到曉媚一邊練習著剛學會的曲目，一邊跟同學聊著今天昨天發生的種種趣事和笑話，像個無憂無慮的高中女生般奔跑嬉戲。

睜開眼，微笑。知道曉媚就在圍牆那邊，而且只要一個轉彎，就會看到她可愛的笑靨。

就像這樣，眼睛裡煥發出驚喜的光芒。

向曉媚眨眨眼睛，他先走在前面，曉媚歡欣地跟著，躲避訓導主任的眼睛。

但是她的歡欣實在太明顯了，所以訓導主任還是咳嗽著，嚴厲地看著曉媚。

等進了巷子，不顧來往還有同學，曉媚就撲進他的懷裡，「阿華——」

他緊緊地抱住曉媚。多久沒看見她了？兩個月？三個月？

「兩個月十一天又十三小時零六分七秒。」曉媚正色說。

有這麼久了？他憐惜地撫撫曉媚的頭髮，發現她紮著頭髮的黑色髮帶有些奇怪。

撫摸了下，恍然大悟。

「這是我的頭髮？」上回曉媚跟他要，不知道她要做什麼，他還是給了她一些極長的部分。

她笑著點點頭。

「曉媚，妳真奇怪……想要怎樣的髮帶？珍珠？珊瑚？鑽石還是翡翠？何必要我的頭髮？」

「我只要阿華的頭髮。」她俏皮地伸伸舌頭，「給我那些東西，我怎麼交代來源？」

阿華將她有些凌亂的頭髮重新綁過，他的頭髮又粗又韌，曉媚的卻柔軟細密。摸著她的頭髮，會有握著絲絨的錯覺。

「不要交代什麼來源了，曉媚，來我那裡吧！」

「不要，我想在台灣念大學。」

「我那裡也有大學。」

「語言又不通。」

「語言學就會呀！」

「可是，我喜歡台灣呀！」

他沒有說什麼，只是輕輕撫了撫曉媚的頭髮。她微微瞇著眼睛，安然地接受阿華的溫柔。

「最近有回家嗎？妳爸媽來看過妳嗎？」

曉媚搖搖頭，笑了。「你來看我就好了呀！」

人類真是一種奇怪的生物。

精通命理的父母，一排出曉媚的命底帶著極其兇惡的煞星，從小就對她不甚愛惜。後來她底下的弟弟出過車禍的意外——雖然只是脫臼——他們還是立刻將剛上國中的曉媚送去明德住校。

幾乎沒有什麼理由地，曉媚就為了她的出生，背負了被家庭放逐的原罪。

「呵呵！起碼他們供我吃住無虞，也讓我很自由嘛！而且，我也想過，那個窮凶惡極的煞星，說不定就是你唷！」她笑瞇了眼睛，「那麼，我會感謝我的命運。」

牽著她的手，在溶溶月色下，橫過公園的拱橋。天上的月明，凝視著橋下的明月。

就像他凝視著曉媚般專注。

「認識我，對妳來說，實在不是件好事。」

「就是說嘛！」仰頭看著天上如飛的月霓，「偏偏在國三的時候遇到，害我沒考上高中。」

是的。和今夜相同，也是個飽含水氣的月暈之夜。

異常者不知用怎樣的辦法，逃出了嚴密的醫院。主治大夫來向他彙報，自責地要去追捕。

剛好被公事煩得緊的華，看了看他們攜帶的槍枝藥物。

「我也去。」

「這種小事……」主治大夫想勸阻，但是華只是拿起槍，微微一笑。

然後，在並不濃密的台北郊區森林，獵捕。

清涼的夜風讓他原本煩躁的心情沉靜下來，狩獵的興奮，激盪著他的血液。

他是第一個發現異常者的人。為了自己高超的獵捕本能，幾乎想要拍拍手。

異常者抓著個小女孩。在他掌握中的她，傷痕累累，衣衫都破爛不堪，看起來要被撕碎了。

很好，抓好你的獵物，這樣我才能瞄準你，給你致命的一擊。

但是華向來引以為傲的槍法，卻沒打中異常者。

異常者號叫著，被彈開了一尺開外，胸口有著燒炙過的痕跡。那小女孩手足無措地坐在地上，左手還有未放盡的靜電啪啦啦地響。

有趣。那孩子，那孩子有我們的血緣。在大戰的時候，雙方都在這裡留下遺傳因子，只是沒有想到，居然會產生這麼強大的後代。

只是強大的能力卻被理性和知識禁錮在嚴格的潛意識裡，只要鑿出一個小孔，像是水壩底一個穿透的小孔……

像是這個樣子。他引發了小女孩的能力。

洶湧的能力奔流出來，還不會控制的她，驚訝地朝著回撲的異常者一擊——

異常者只剩下無法復生的焦炭落地。

他走過去，伸手扶起小女孩。她抬頭望著他，沒有預料中的眼淚。淡咖啡色的眼眸，淡咖啡色的髮絲，在月晃的魔力下，分外地通透。讓這樣坦白的眼神，緩了兩拍心跳。她小小的手，入掌綿軟。

「我……我殺了他？」

「那是妖魔。妳若不殺他，他會殺妳呢！」

她望著自己的手，還是沒有眼淚。

「我……我也是妖魔嗎？」

華微微笑著，「我不知道。」人類的血緣太混雜了，所以，他不知道是哪個部分發作。

「不過，妳還是人。」因為是人，所以擁有這種力量的結果，就是引來更多的異常者。

異常者相信，吞噬有妖魔能力的人類，可以提升妖力。

周遭有著許多的異常者在舔牙齒。

「我姓路，單名一個華。」他指了指月亮落下的方向，「我從那邊來的。如果妳相信自己沒有瘋，也想保住命的話，明天，再來這裡。」

他笑了，「我教妳狩獵妖魔。」

現在想起來，覺得很奇怪。他怎捨得讓曉媚不成熟的能力，去當誘發異常者的餌？

但是還沒愛上曉媚的他，的確這麼做了。曉媚學得這麼快、這麼好，讓他覺得非常驕傲。

當曉媚孤身站在空曠的野外，那些異常者就像瘋了般，撲了上來，她總是能成功地打敗那些亮著牙齒的妖魔。

而華和主治大夫就在外圍圍捕嗅到氣味趕來的異常者。

一切都很自然，若不是曉媚被一個妖魔狠狠地啃噬去了大腿一塊肉，華不會發現自己的情感。

曉媚倒下的那瞬間，暗夜的一切，只剩下明暗的對比。曉媚腿上滲出的殷紅，是唯一他看得到的顏色。

再有能力，她也只是個脆弱的人類。其他的妖魔趁著她跌倒的時刻，一起飛撲過去。

然後……

那次的狩獵完全沒有活口。剎那間，所有的異常者都死亡殆盡，連灰燼都沒有剩下。

華緊緊抱住她，不敢探她的氣息。

「別怕！」曉媚微弱地說：「我還活著。」

他發現自己的眼眶中滲出了鹹鹹的液體，像是傳說中痛苦的眼淚般。

「是淚水。你沒流過淚？呵！惡之華……」她笑著，瞳孔分外地清澈，「我該怎麼叫你？路西華？還是撒旦？」

她知道了。

「撒旦。我是第七代的撒旦。」

曉媚點點頭，「我的猜測對了。但是，我還是叫你阿華吧！」

她沒有出現懼怕的樣子，像是一切都這麼地自然。

看著她的怡然，華的心裡，有種異樣的、飛升的情愫在滋生。只是看著她，就能夠愉快，只是看著。

她是個小孩子。雖然對於華來說，所有的人類都是還沒長大就會死去的小孩。

華像個正常的魔族或人類般，頭一次，跌入了情網。而曉媚卻很平常地接受他，像是撒旦也和尋常人類男性沒有兩樣。

只有在兩個人的初吻後，曉媚悶著聲音說，「嗯，這樣……會不會懷孕哪？」

靜了半晌，華發出轟然的笑聲。

「我……我怎麼知道嘛！」紅著臉，曉媚鼓著腮幫子，「誰知道魔族怎麼交配？咳，我是說……繁衍後代……」

「我們魔族和人類，或是天人沒有兩樣。都是經過婚配生育的。所以……」他拚命忍住笑意，「接吻不會懷孕，相信我。」

「天人？你是說神嗎？神也是婚配生子的？」

攬著曉媚的腰，抬頭看著星空中通往天界的通道，「除了管理階層用了僵硬的無性生殖外，天人也是婚配生子的。只是，妳知道的，」華聳了聳肩，「天界的管理階層自己不行，就認定生殖行為是種不好的行為。」

曉媚狐疑地看著他。

「不信？跟我去魔界看看就知道了。因為大戰的時候，魔界戰敗了，所以戰敗國必須承擔所有大戰時的罪行。天界就比較乾淨？哼哼！我不諱言，剛戰敗的時候，魔界的確很淒慘，奇怪的疾病橫行，天災，整個魔界都陷入恐怖的無政府狀態。但是現在……」

他的面容在月光下發著自信的光芒。「現在的魔界，比起顢頇的天界可強多了。我們控制住了疫情，扭轉了天災，統一整個魔界。天界不要的罪魂，我們收回來在地獄感化。曉媚，來我那裡，妳會知道，我這些年努力的成果。」

就算天使來勸導，她也深深地信賴眼前的惡魔頭子。

但是她搖搖頭，「我想念大學，想印證未央歌的生活。將來……如果將來……」

「不管什麼時候。只要妳想去，我就會來接妳。」

但是那個月夜後，華就因為魔界的叛變，回去弭平。將近半年，曉媚孤身和來襲的妖魔爭鬥。

「整個國三下，都和那些五四三打架，沒空念書呢！害人家沒考上高中。」曉媚翹了翹嘴巴。

從背後抱住她，高她一個頭的華，和她一起望著水面粼粼的月影。

「對不起。」

按緊他的手，曉媚閉上眼睛。生平第一個愛著她的人，即使是撒旦，她也覺得很高興。

「不要說對不起。我知道。若是你派了人來保護我，說不定，我會死得更快、更慘。」

華沉默著。明明知道，就算是曉媚真的死了，只是魂魄的她，反而能長久地留在他的身邊，不被身體限制。

但是怎能叫著曉媚痛苦到了極點後死去，他卻只在旁邊觀看？

保護她好？不保護她好？怎樣她才會懂，即使在兵荒馬亂中，他的心，總是牽掛著遠在人間的她？

但是她卻懂得，不是嗎？

「那當然，我是撒旦的女朋友啊！怎可這點自覺都沒有？」微偏著頭，滿頭讓月光染成淡金色的髮絲飛揚。

吻了她，她卻輕笑一聲。

「？」

「如果你的死敵天界，知道崇拜天父的聖詩班主唱，居然……」

華笑了起來。「那個喜歡搞個人崇拜的老頭兒，若知道天主教女中的唱詩班裡，有著我的女朋友，嘻嘻……」他的眼神促狹，「氣爆他的肺了。」

「但是聖詩很好聽啊！」

「我也不會叫妳放棄呀！」

相視而笑。

「放心吧！不管妳要什麼東西，我都會給妳的。告訴我，妳的願望。別擔心，不用靈魂來交易的。不管是學業還是事業，不管是金錢還是權勢……」

「真的哦！」

「真的。」只要曉媚露出歡喜的笑容，什麼都可以。

「我要……」坦白的眼睛注視著那雙深沉的墨黑，「我要你再來看我。只要你想到我，只要你有空。」

「妳可以繼續許願。」迷失在有月影的眸子裡，撒旦反過來被蠱惑。

「除了這個願望，什麼都不要。」她搖搖頭，投進華的懷裡。「我用一切，跟你交換我的願望。」

將她放在人間，沒有一天，華的心底不惶惑。人間有著各式各樣適合的人類，適合著青春年少、可愛的曉媚。若是曉媚愛上了別人……

他大約連狂怒的力氣都沒有，除了遠遠地躲藏，什麼都做不到吧？

華不知道，同樣的疑慮，也在曉媚的心底隱隱作痛。

不知道自己為了什麼會吸引撒旦的疼愛，不知道什麼時候會失去，只能拉開一點點距離……免得失去時，連死去都不敢。

不敢到有他的地獄去，這樣，每一天，對她都是恐怖的酷刑。

「只要是妳的願望。」華輕輕地說著。

反身抱住他，曉媚偎在他的胸前。不知哪裡飄來的玉蘭花香，泛著溫柔的月色，蕩漾，蕩漾。

海魔後傳

不過是到廚房倒杯水，整個屋子就開始瀰漫淡然的檀香。

淡淡的，淡淡的，卻讓舒祈頸後的寒毛直豎，像是備戰狀態下的貓科動物。

「大人，你不該隨意地降臨人界。」黑得比夜還深的長髮，面色憂鬱的俊美男子，就這樣坐在舒祈的座位上，雖然只是幻影。

「你想和天界打上一仗嗎？」舒祈不快地看著他，「遠古簽訂下來的合約，似乎不包含你的任何形式的降臨。」

他笑了起來，稍稍沖淡了憂鬱，「你知道我常來捕捉異常者的。」

「但是你在我的家裡。天界恐懼不安的，也不過就是我們聯手起來。」

舒祈輕輕搥了搥背，苦笑了一下子。天界對於舒祈收留生魂死靈這件事情，很有意見。舒祈的檔案夾又增加得很快，王國組織日漸成形，若是她和魔界聯手呢？這讓天界的天使長們無法安心地穩坐天堂。

無聊。每天她要工作十幾小時方能休息，哪有心力去管幾千萬光年外的天堂地獄？她比較關心吃飯和母親的要求。但是撒旦居然沿著電纜線直抵家門，這……

「我是中立的。不管對魔界的分裂，還是天界和你們。」為了不管天人或神魔降臨，都須檀香引路，她的香爐不知道多久沒點過。

但是他們還是不請自來。

「我不是為了公事來求你的，我是為了私事。」他有些侷促地坐直一點，「我請你幫我保管一樣東西。」

「東西？」

撒旦開了門。一個高中模樣的小女生怯怯地讓他帶過來，緊緊地握住他的手。

「就是她。我已經找不到任何我能信任的地方了。」

臉上掛著雨珠，小鹿似的無依神情。但是舒祈頸後的刺痛感卻加倍了。

「愛人？」傳說撒旦在人間有情人，沒想到是這樣的小女孩。舒祈輕輕地嘆了口氣。

「不只是愛人。」撒旦輕輕說著，「我不能夠沒有她。」

「我會保護自己。」小女生也輕輕說著。

「她說得沒錯，撒旦大人。」舒祈附和著。

撒旦路西華的眼神，像是會殺人似地射過來。互相霜般凝視了一會兒，他笑了。

「舒祈，他叫作仲文，對不對？」

撒旦的話還沒說完，臉孔立刻出現一道極細的血痕。只有幾點血珠。

「閉嘴。不准提起他的名字。」舒祈沒有一絲動怒的樣子，瞳孔異常在明亮，像是火焰在燃燒似的，「沒有這個人，沒有。」

「你害怕仲文受傷害的心情，就和我害怕曉媚受傷的心情是一樣的啊！」向來冷靜的撒旦，居然激動起來，「我當然知道她的能力不是尋常能比，但是這次的暴動非比尋常哪！他們已經針對我所有的關係清查了，甚至知道了曉媚的存在。」他恐懼地握緊拳頭，「我不能夠讓她受苦。」

「阿華，別擔心，我若死了，我總是會到你那邊去，不是嗎？」曉媚咬著下唇，故作勇敢地說著。

「不會的。」舒祈想到她唯一的弱點，不禁心慌意亂，「就像子孓成了成蚊，就不能再回到水裡，也會遺忘過往的一切。」

若是讓魔界其他妖魔收割了人類的生命，就永遠不能恢復，也無法轉生。

堅決不願介入哪一方的心情，突然動搖了起來。

「得慕。」舒祈的面孔恢復漠然，「曉媚交給妳。」

得慕指著自己鼻子，驚訝地問：「但是，但是……舒祈……她又看不到我……」

「我看得到妳。」怯怯地，曉媚好奇地打量這個引導者，「妳，好奇怪，介於亡靈和妖魔之間……」

得慕仔細看著她，也覺得困惑，「妳也……介於妖魔和人類之間。」

「我是人。」曉媚的聲音緊繃起來。

「當然。」舒祈和緩地說，「得慕會照顧妳，先到隔壁房間安頓下來吧！」

留下舒祈和撒旦獨處。

「曉媚的親人呢？」她和天魔兩界相處越久，越了解他們的行為模式。

「他們根本不在意曉媚。」撒旦傷痛起來，「因為曉媚命理上會有巨禍，父母早在心理上拋棄了她。」

「這不是重點吧？」舒祈越發知道撒旦的打算，「若是曉媚的父母讓妖魔給毀了，她身為人的自覺，還會有多少殘存？」

撒旦對著舒祈怒目，鬥氣漸漸地提升，小小的室內充塞著火焰似的燃燒，舒祈卻相反地發出平靜的寒冷，藉著電腦的增幅，讓空氣中的火焰降溫。

對峙。隔壁隱約傳來曉媚玲琅的笑聲。

心裡空空的，若有所失。撒旦的怒氣無影無蹤。

「若是她被迫成了妖魔，你保證她的笑靨仍然在？」

靜默。他將拳頭握緊，「她的父母又不愛她！最愛她的是我。她的父母根本不重要！」

指甲掐進掌心，滲出血。因為痛，漸漸地冷靜下來。

「我派了部屬去保護她的父母。雖然厭惡他們……」

舒祈沒再追問，只是看著他。直到他和曉媚吻別，都沒再說過話。

「妳愛妳的父母親嗎？」舒祈突然開口，將正和得慕下棋的曉媚嚇了一大跳。

望著舒祈深黝似海藍的眼睛，曉媚沒來由地覺得傷悲。

「我愛他們。我愛他們。」雖然他們不愛我，鮮少來學校看過我。

捂著臉，少女哭泣了起來。

對著父母親，徒勞無功的愛。她想著自己和母親的不合，從來不能得到她溫然的愛意。

「妳要堅強起來。」舒祈換了套全黑的勁裝，將劍裹在布裡，「自己的生命，要自己捍衛，但是妳的父母親，就交給我吧！」

從走進舒祈的工作室開始，曉媚就不斷擔心著相同的事情。從來都相信自己保衛自己的能力，畢竟，自從覺醒了妖魔似的能力後，她就不斷地和想奪取力量的鬼怪們作戰。

但是，爸爸呢？媽媽呢？弟弟呢？他們會不會因為她，成為妖魔脅迫的對象？

她擔心得無法入睡……雖然華總是向她保證，他派了部屬去保護家人，總無法去除她心底的疑慮。

「相信我。」舒祈露出冷靜的笑容，轉瞬間消失了蹤影。

為什麼？我對深愛的華說的話會懷疑，但是我卻信賴剛見面的舒祈？

「這個嘛……我也不知道。」得慕微微一笑，「但是我們也信賴她。雖然舒祈只是個人類而已。」眨眨眼睛，「沒有修練過，卻非常非常強的人類。」

曉媚勉強地牽動了一下嘴角，坐在窗台邊發愣。她知道的魔界戰役，這是第二次。當中只隔了兩年的和平。不再替父母擔心的她，開始為了阿華的安危悚慄了起來。

阿華，你好嗎？你說過要再來接我的。第一次的戰役，她只剩下跟妖魔拚鬥的力氣，無暇多想，現在反而惶惑不安起來。

得慕拍拍這個小女孩的肩膀。

然後她們聽見玻璃碎裂的聲音。筆直的，從這端碎裂到那端的聲音。

挾著狂風暴雨，這樣筆直地掃過來，得慕抓住曉媚，機警地一閃，同時張開了結界。

不好，電腦！

舒祈留下來的防護發生了功能，但是要抵擋風雨不斷、強暴似的攻擊……

要保護舒祈的電腦王國？還是要銜命保護曉媚？原本只是引導者的得慕，心裡像是纏著亂線一般。

曉媚卻已經發狂般地朝外衝去。

「曉媚！」得慕要抓住她。

「不能待在這裡！」曉媚掙脫她的掌握，「他們要的是我！繼續留在這裡，整個住宅區都會被他們毀了！」

一面發出電擊，一面用鋒利的手刀劈開風雨，曉媚從高高的樓層筆直地往下墜落。

讓高速墜落的氣壓感迫得呼吸困難，她費力地想找著力點躍到下個落點，卻覺得自己輕飄飄地往上飛升。

一回頭，得慕伏在她的背上，張開透明的翅膀。

「別看我！這樣妳會掉下去！」得慕警告著慌張的曉媚，「什麼都不要想，深呼吸，只要想妳要去的地方。」

「得慕，妳真的是人類？」一直盤據在她心底甚久的問題，就在此刻浮現著。

「我當然是。」

「但是，妳有這樣的能力！」

「我是人。雖然死了，到底還是人魂。誰規定有能力就不是人？」

那麼我呢？能夠放電，能夠劈破氣壓，但是我……我真的也是人……

我是人。

心底突然寧定下來。能夠看清自己要往哪個方向去，透過得慕的幫助，避開許多攻擊和險阻。

直到降落在淡水海口，颱風警報的此時，海浪怒張地襲擊海岸，風聲雨聲狂濤聲，像是鬼哭神號一般。

恐怖。

「到底你們想怎樣？」得慕皺起眉頭，有些發火，「魔界內戰是你們自己的事情，為什麼要牽扯無關的人？這和遠古簽訂下來的合約是不相同的！」

為首的綠髮少年，張狂地大笑了起來，聲音震動了整個海岸，使得浪濤上漲了一尺有餘。

「撒旦會愛上人類這種賤民，本身就沒有當王的權力！」呼嘯一聲，只見千軍萬馬，各式各樣奇形異狀戰鬥形態的妖魔，蜂擁而至，卻讓得慕的防護擋在周遭。

「我們不是賤民。」得慕低低地說。

「不但是賤民，還是腐爛了屍身的賤民。」綠髮的辛德是出身魔界貴族的世代軍閥，對於人類輕蔑至極，王者撒旦的庸懦，早已讓他不耐煩了。

人界和天界都當是魔界的領土！怎可以精編軍備之名，裁撤他麾下的魔界軍？要征服這兩界，怎可不坐擁強大軍備，反而以和談為手段？

該死的撒旦！該死的，腐敗他心靈的賤民人類！

尤其是那個滿面驚恐的人類少女。

「拿下她！將她支解在撒旦的面前！為我們的勝利劈開血祭的道路！」

得慕張下來的結界發出抵擋不住的呻吟，但是她只輕輕一笑。

「去你媽的。」溫和的得慕，笑嘻嘻地對著辛德說，「去你爹的混蛋妖魔，你欺我們人界當真沒人，連人魂都不存嗎？」

她單手張開袖珍得像是書本的筆記型電腦，發出強大的電波，轉化成行動電話的訊號，和衛星取得聯繫。

「人間域內，亡魂之都，遵我號令，莫之有違！」

經由網路，通過衛星的傳訊，將舒祈檔案夾內的軍隊，以 **FTP** 的格式輸送過來，從得慕張開的結界內，增幅成數千萬倍的火力，連海水都為之分開，高高的浪潮像是海嘯般逼退到外海。

「妳以為玩扮家家酒嗎？」辛德火大起來，「聽令！讓他們看看真正的戰爭是什麼樣子的。」

在這片殺聲震天的血肉模糊中，曉媚只能呆呆地站著。結界保護了她，卻也無法出去，只能看著人魂和妖魔的血污和肉塊，夾雜著哀號和怒罵，噴濺在結界上面，蜿蜒地潺潺而下。

「得慕，我也……」她激動著。不能！不能讓別人為她出生入死，自己卻什麼也不用做。

「不行！」得慕為了張開結界，臉色灰敗，「我答應了舒祈，舒祈要我照顧妳，這是承諾，這是我該守的承諾！」

得慕覺得氣血翻湧，靈魄幾乎解體。她只是個優良的引導人，對戰鬥沒有天賦，但是……她大吼一聲，將來襲的妖魔軍隊逼退一丈多，碧青的海水飛濺。同時也嘔出碧青的精氣。

糟！

舒祈，我會守住妳交代的事情……我會守住……得慕抱緊曉媚，即使半昏迷，也並沒有忘記自己的任務。

只覺得曉媚的眼淚滲進自己的頭髮內。

舒祈……

聽見了得慕的呼喚，舒祈除了猛力砍殺下一個妖魔外，卻也沒能回應。

妖魔的屍塊堆積如山，她也覺得有些疲倦了。颱風狂暴地挾著魔界貴族軍團的法力，更兇猛地襲擊曉媚的原生家庭。

揮去劍上黏膩的血液，她沉著地將劍斜斜凝住。為了她精準而沒有空隙的劍法，向來豪誇驍勇善戰的軍團，居然覺得膽寒起來。

經劍下必死，如何有戰鬥意志？

風狂雨暴。但是神佛不見，天使軍亦不見蹤影。舒祈短短地一笑。天界……大約希望這樣的結果很久了吧？

只要魔界叛軍殲滅了舒祈國度內的所有遊魂，最好讓魔界內戰擴張到人界，兩敗俱傷之餘，正好漁翁得利。

至於早已臣服天界，企望祐護的平凡人類，存亡根本不在天人考量之內。

暴吼一聲，原本平凡的劍發出激光，挾著雷電，橫掃整個軍團。

什麼老天神佛？什麼慈悲為懷？統統給我滾遠點！我們自己會守得！只見劍到之處，妖魔莫不皮焦肉爛，要轉身逃走，礙於嚴酷軍令，只好遠遠地虛張聲勢。

劍挾七彩鋒芒，閃爍得像是極光般。

得慕，妳要撐下去，這場戰役，我們都得守下去。

「我聽到舒祈的聲音。」得慕從短短的昏迷中醒過來。

這是第一場戰役。之後呢？若是撒旦贏了，大約還有和平可以繼續。若是輸了？

結界突然像是碎玻璃般紛紛掉落，錯愕地不知道發生了什麼事情，只覺得高亢得魅惑心魄的歌聲，洶湧地襲擊著得慕。

「辛德，你也太沒用了。」全身魚鱗、眼神妖異的海妖雲從輕輕地舔著辛德的耳朵，「還跟沒用的死人纏鬥這麼久。」

「雲從，隨便使用最後的武器是不行的。」這武器本來是要拿來對付撒旦的，哪料到他的女人讓他們費了這麼多的手腳！

為什麼？為什麼大家都潰不成軍？站在冰冷的海水中，只聽到迎著浪潮遠遠近近地集結了那麼多的海魔人魚，唱著遠古就屢屢沉船的歌曲。

得慕又吐出碧青的精氣，拚命地咳著。

妖魔們獰笑著，漸漸聚攏，對於沒有抵抗力的人魂，順手毀了……

不！

「不！」曉媚大叫一聲，額頭突然裂開來，爆出明晃晃的第三隻眼睛。

我……我……全身的氣血波濤洶湧，像是和狂暴的海潮呼應著。

我……我，我想唱歌……

發出了，沒有語言的歌，深沉悅耳地刺激著每個妖魔或人類的耳膜。震盪。

嬌嫩的聲音，漸漸拔高、拔高，直迴旋到極深極遠的天空深處，聽見的生物不禁都會樂意地失去魂魄。

曉媚的耳朵裂開來，爆出金魚般的腮。

直到極高極高的地方，還盤旋好幾拍上去，直到幾乎聽不見，卻還是留著一絲絲的牽引，引動著心臟。

她的手肘發出啪啦的聲音，黏膩的體液透明地滴落，舒捲著銀亮的鰭。

滿天烏雲的天空，居然被逼開了所有的穢氣，只剩下寶藍似的絲絨夜空，沒有光害地展現驚人星光的沉重壓力，她的聲音就像是天上來的銀蛇，俯衝盤旋，迴盪整個颱風眼的短暫平靜中。

海魔隊列整個失去了戰力，從此啞了歌聲。

曉媚原本玲瓏的身軀，佈滿了白銀打造似的魚鱗，兩腿隱沒在併攏的、海蛇似的下身裡。在她的歌聲中，戰況扭轉，意外落敗的辛德，將滿腔的怨恨轉嫁到人類的身上。

是的，我要引起海嘯，將整個島國吞滅！懲戒他們居然生出這種人形妖魔出來！讓天界的面子下不來，好讓天界和魔界的征戰再現！

剩下的殘餘部隊，席捲著高高的海嘯，趁著因為變身怔忪的曉媚尚未回神，想要沿著淡水海口沖毀整個島國時，卻讓一個黑衣人隻手擋住了整個海嘯的牆。

眼睛底下是冷冷的漠然，身上帶著強烈的、蛾科妖魔才會有的濃郁芳香。

「讓開！妳這小蟲子！」辛德暴怒，「看我淹死妳！」

「蟲子？」她發出低低的笑聲，海嘯掩至，卻在剎那間升高，明亮地變成幾十丈的烈火之牆。

她將手探進海嘯中，聽著火海中翻滾掙扎的海妖貴族的哀號，「你在跟誰說話？我豈止是蟲子而已？你不知道，我得到飛禽貴族中的血緣——不死鳥的火焰之力嗎？愚蠢的貴族，抱著你的狂妄去死吧！」

水牆燃盡，整個海邊一片寂靜。颱風過去了。

滿面倦容的舒祈，緩緩地走過來。「葉珴，謝謝。」

黑衣的少女只是側著臉看她。「謝什麼？我只是為了我的養父母。」

若不是為了養父母和哥哥，她是不會做出這種和魔界叛軍為敵的傻事。

她輕輕張開滿是鱗粉、妖異詭麗的翅膀，沒再看舒祈一眼，靜靜地飛去。

只剩下空氣中不去的香氣。

得慕將軍隊送回，而變身後的曉媚，只能發著抖哭泣。舒祈將身上的外衣披在她的肩膀，抱起她來。

「我們回去吧！」

* * *

暴怒的撒旦進來時，沒有破壞任何東西，但是那種強烈的陰鬱，卻讓得慕恐懼地往舒祈的背後一躲。

「我要妳保護曉媚，妳……」

「她自己可以保護自己。」舒祈冷冷地看著他，「你沒有派任何人保護她的家人。如果她沒了家人，只能依賴你了，對不對？」

「我……」一下子氣勢衰頹了下去。

應該說，妖魔比人類天真呢？還是說，他們比較殘忍卻坦白？

舒祈輕輕地搖搖頭，「你不懂人類。不過，無所謂了。叛亂平靜了？」

「嗯。」下一次不知道是什麼時候。他渴望將曉媚帶在身邊。最好娶了她，讓她能時時刻刻受到自己的保護。

「她有很深沉的、海魔系的血統。」

「……她從來沒有唱過海魔的歌，但是聽說她摧毀了整個海魔的隊列？」

「嗯？」舒祈笑了起來，「她唱的不是海魔的曲目。」

「啊？」

「她唱的是第五元素裡，那個外星聲樂家唱的那一段。」

撒旦想了一下，笑了出來。

舒祈也在笑，「這是天賦，就無關曲目或咒語了。」

天賦。沒錯，他老早就知道，曉媚有著複雜的遺傳。那是遠古時代，神魔在人間大戰，將血緣遺留在人間的結果，剛好這種繁複的遺傳，因為機緣巧合，匯集在曉媚的身上，所以得到了強大的能力。

推開房門，曉媚還在牆角哭泣。變身為海魔的她，看起來這麼妖媚而絕麗，串串的淚珠落地，成了一顆顆渾圓的珍珠。

他將她擁進懷裡。

若是現在告訴她，永遠不能變回原來的樣子，曉媚應該會乖乖地跟他回去魔界，成為他的皇后吧？

輕輕吻她粉嫩的臉，有著爬蟲類冷涼的質感。

「我……我永遠變不回去了？我是人……我真的是人……對嗎？阿華，對嗎？」信賴的眼睛。即使瞳孔豎起如金黃色的蛇眼，還是他最喜歡看到的眼睛。只要告訴她，只要讓她相信，她會來到身邊……

「對。妳是人。眼睛閉起來。」將額頭倚著她的第三個眼睛，「把心淨空下來。仔細地想。想想妳是誰，妳是什麼，妳原本的模樣。」

一切的聲音都遠去，連心跳的聲音都漸漸遠去，一片安靜，絕對的安靜。

再睜開眼睛，淡琥珀的瞳孔，注視著撒旦。赤裸雪白的她，溫柔含淚地微笑。

隔著牆，舒祈在微笑。

撒旦瞪了她一眼，懷抱著曉媚，輕輕地嘆口氣。

後記

舒祈的自述

想來，那時候我應該是死了。

不知道是什麼殺了我。

是太多逼到眼前的帳單？還是即將失業的壓力？亦或是第九十九次的退稿？

嗯，最可能的是我超過四十八小時都沒能闔眼。失戀其實不能殺人，失眠則可。

之後我去看醫生，醫生都嚇傻了。我的血壓高到必須馬上住院，視網膜斑駁得應該什麼都看不見才對……即使高血壓這種病對當時的我而言，太年輕。

所以我推測，在那個夜裡，我大約哪根腦血管爆掉，去了。

總之，在什麼都不知道的彼時，終於捱不住趴在桌子上睡了過去，我被強烈的頭痛襲擊，眼前飛舞著可怖的閃電與銀蛇，無法出聲，半邊身體無法動彈，束手無策地倒在地板上。

這就死了嗎？我意外地沒有驚恐。只覺得一大堆爛攤子要讓別人收拾，很不好意思。

是啊，沒有驚恐。我實在不願意承認，甚至偷偷鬆了口氣。管他的，反正我人都死了，哪管我死後洪水滔天、爛攤子爆炸。

我終於解脫了。

但是天下哪有那麼心想事成的好事。

她來到我的面前。既美麗、又醜陋，既聖潔、又放蕩。她的聲音重重迴響。

「妳死了。」清澈又朦朧的眼睛看著我，「所以，來當我的管理者吧。」

過去求職被騙得有心裡陰影，所以我第一時間回絕，「不，姐姐我們不約。」

然後我醒了。在臘月寒冬的地板上清醒過來。

除了地板太硬有些腰酸背痛，之前劇烈的頭疼，長久以來零零碎碎的小毛病居然都消失了。

至於「她」，我一直當作是死裡逃生產生的後遺症。

她說，她是都城的精魂，她說，她是魔性天女。

我很欣賞這個幻覺。即使是發瘋，我也發瘋得如此詩意和文青。不是誰都能辦到的。

直到有一天，我出了一場車禍。跟一輛闖紅燈的貨車對撞，我摔車擦傷了，那輛貨車後空翻三圈著陸猛震，貨物灑了一地。

站在車禍現場，我很茫然。

抬頭看到天女低頭俯瞰我，「當管理者很好的，不考慮嗎？」

路人震驚地圍攏過來，多年後我慶幸當年還是bb扣的年代，沒人拍下這驚世駭俗的一幕。

當場我就坐下，一臉「發生什麼我也不知道好害怕」的樣子。

後來我成了管理者。

魔性天女這個騙子，管理者一點都不好。果然職場到處都是陷阱，滿地的坑，哪怕是都城精魂當老闆都不例外。

除了身體再也沒生過病，得到一份穩定的工作，什麼好處都沒有……甚至天女不發薪水。

但是都城所有的異常都歸我管。

而異常的定義……卻是異常寬泛。

至於什麼第三方勢力……單純就是天魔兩界被害妄想症病患太多，有病，得治，不該放棄治療。

是的，我收留了許多孤魂野鬼。但是為什麼有這麼多孤魂野鬼在人間飄盪，難道不是天地兩方大佬該好好思考行政效率為何如此之慢，為什麼沒第一時間來收人？

或者，為什麼連基本的公正、公平都辦不到，導致孤魂野鬼寧願在我的破電腦住個小檔案夾，卻對天堂地獄都失去信心？

我從來沒阻止誰離開，可誰也不肯滾，我有什麼辦法，我也很無奈。

但我也不是完全無辜。我的確主動收容過幾個人……收容得慕的時候，她甚至還沒死……只是植物人真的生不如死。

我不該，稀有發了該死的善心，偷偷地引導她進入電腦躲避危險，甚至引導到這兒……不知道是救了她還是害了她。

雖然她總是笑著說，現況挺好的，比在天地間飄盪好。直到她的肉體過世，她也說，唉呀，天堂地獄還不就是那回事，看都看煩了。留在這兒還能對兩方大佬吆喝，挺有感覺的。

其實，我脾氣不好，家事無能，情緒比股市震盪還激烈，還有嚴重的躁鬱症，一年四季三百六十五天二十四小時沒事就想自殺。

滿電腦塞滿了各色魑魅魍魎孤魂野鬼，時時刻刻亂糟糟。起頭那幾年我還有賀爾蒙作亂，為了愛情要死要活，親情處理也是一塌糊塗。

跟我住在一起有什麼好？

得慕總是笑眯眯地告訴我，她就是覺得跟我在一起有意思。

到頭來，臨到最後，我才發現，一切皆虛，除了一主機的妖魔鬼怪，我只剩下得慕。

「天女答應我的保送名額還有一個。」在最後的最後，我還是想掙扎一下，「得慕，妳……」

「妳明明答應我。」她含著淚，卻倔強地看著我，「答應讓我追隨到最後。」

「已經是最後了。」

「妳沒有消亡，我沒有消亡，差一天、一小時、一分鐘，那都不是最後！」

我瞪著她，她也瞪著我。

「靠。」我罵了一聲，「都什麼時候了，妳跟我演霸王別姬？妳以為妳是張國榮啊？」

她噗嗤一聲笑了出來。

我抱著不用插電的主機，她抱著我的腰，我們就這樣一起笑著沉到島的最底。

真的，我這一生最愧對的就是她。

得慕的自述

舒祈是個很好笑的人。

最開始認識她的時候，我還以為她平靜淡漠到只欠一死，最後才發現她不這麼幹就會澎湃洶湧如岩漿般情緒化。

有時候覺得她能裝也是好事，不端起那高貴冷豔的範兒，都城管理者的架子立馬就塌。早期她活得很女人，很放肆……雖然只是網路上。

但是一次次失戀，讓她一寸寸成灰，漸漸冷靜下來。我們看著很心疼。

她真正的敵人不是魑魅魍魎，甚至神明惡魔都不夠看，而是……生命中一次次的遇人不淑。

這才是真正最可怕最摧毀人的災禍。

後來她終於厭倦了，笑著將自己所有的情欲一點點閹割乾淨。一旁看著的我，特別特別的疼。

我慶幸，無比慶幸，我死得早……我十四歲車禍成了植物人，躺在床上苟延殘喘了六年才過世。死得太早，我還沒談過哪怕是暗戀的一次戀愛，之後也不覺得有必要嘗試。

真是太好了。

看看檔案夾裡無數可怕的案例，看看可憐的舒祈。神經病才會想要試試看戀愛的滋味。

要我說，戀愛就是一種疾病，必須隔離，死亡（失戀）率還特別高的一種絕症。

每死亡（失戀）一次，就會奪走一點靈魂。

我只是死了又不是瘋了，沒事自找殘缺？

在舒祈身邊，我很快樂。我是個特別好的諮詢人，特別特別的好。所有來到這兒的孤魂野鬼都經過我的手分配。我喜歡人類，真的喜歡跟他們說話……哪怕是死掉的人類。

那不怎麼樣，因為我也死了。

死後的人生這樣漫長，我可以幫他們好好規劃，一樣可以活得開心快樂……哪怕是困在生前的愛恨嗔癡走不出來，也能在檔案夾裡自成世界，讓愛恨嗔癡來得更猛烈些。

這樣的日子多好，如果非要給個期限，我希望有一萬年。

但是連一百年都沒有，末日來了。

舒祈居然說了廢話，希望我能生還……她說魔性天女給了她名額，可以保住幾個人。

這當然是廢話，當鬼當這麼久，她居然希望我重新投胎……離開她。

混蛋。舒祈是大混蛋。明明離開我她連戶口名簿都找不到，居然叫我走。

我就不，我偏偏不。為什麼大家都可以跟她走，獨獨想把我留下？我就是不。

最後我抱著她的腰沉入島底。那時我模模糊糊地想，這好像徐克導演的〈青蛇〉。我是小青，舒祈是白素貞。

只是結局不一樣。我們一起鎮壓在雷峰塔下。

這才是最好的結局，徐克遜斃了。

然後我才知道舒祈為什麼獨獨叫我走。她是，不忍心。

為什麼她必須沉在島底呢？

很簡單，列姑射島要碎了。魔性天女捨去了一切，需要一個憑依固定。除了她的管理者，還能有誰呢？

於是舒祈必須清醒著承受天女所有的力量，靜默地，一點一滴地結晶，成為島底新的根基。

一開始，她還能說笑，漸漸地，一天只剩幾句話，然後沉默，只能抱歉地，看著我。

為什麼？結成地維的眾生通常會在半夢半醒之間，他們沒有知覺，不會痛苦。

但是舒祈是有知覺的，她有知覺啊！她是活著被封入水晶中，連睡眠的權力都被剝奪了。

我知道她很痛苦。我也很痛苦，非常非常痛苦。

痛苦到，那個孩子到島底巡察時，我對他發了脾氣。

我對他說，殺了她，順便殺了我，拜託你了。

他很難過，非常難過，幾乎要哭出來。明明已經是，世界頂端的禁咒師。

我覺得很抱歉。我不是故意讓他傷心，我知道即使是他也無能為力。

「開玩笑的啦。」我笑著說，「你知道草東有首歌叫做〈情歌〉嗎？我只是想玩個梗，不小心玩崩了。」

他哭得像個孩子。

「……我發誓這一切都會有個盡頭。」他啜泣地說。

「是喔。」我喉頭像是哽個硬塊，「但願。也許吧。」

明峰的自述

成為禁咒師以後，我就很少掉眼淚。似乎是將所有眼淚，都落在麒麟沉沒的雪地裡。

喔，是的，小鳥兒的孫女出生時，我哭過一次，不過那是喜極而泣。嗯？還是曾孫女？年紀大了，越來越記不住事兒。

唯有一次的眼淚刻骨銘心，之後常常在睡夢中驚醒。

所以我們活在世上其實都仰賴著眾生萬物的犧牲。有的犧牲特別深刻。

因為上邪會定期巡邏列姑射島的地維，所以等到大災變很久很久以後我才巡邏到島底。然後我才知道魔性天女付出怎樣慘痛而殘酷的代價。

她打下了第一個地維的「椿」，用的卻是一個管理者活生生的「人柱」。

管理者還活著，五感俱存，卻無法移動地封入島底巨大的「水晶」中。只有頭髮露出來，不斷生長的頭髮勉強擠出一小塊空間，一個鬼魂萬念俱灰的跪在那兒，仰頭看著水晶裡的管理者。

「……舒祈阿姨。」我澀然地喊。

她轉動眼珠看向我，眼中漾出安然的笑意……卻再也不能做出其他動作，哪怕是微笑這麼細微的動作。

萬念俱灰的鬼魂這才轉頭看我，枯槁衰敗的容貌，花了好一點時間才認出是管理者家的得慕。深深的幽怨幾乎要將她消磨殆盡。

然後她說，殺了她，順便殺了我，拜託你了。

我，幾乎被立刻擊垮。

但是她立刻「醒」過來，笑著說只是玩笑，但我笑不出來，真的笑不出，我哭得撕心裂肺，難看極了。

我想到了魔性天女，想到了代我去死的麒麟，想到了重重眾生犧牲組成的地維。

想到了……眼前活著卻困在透明棺材中動彈不得、承受重大痛苦的管理者，和她形銷骨立的小管家。

付出如此慘痛的代價卻依舊岌岌可危的世界。

我完全被擊垮，哭得眼淚鼻涕齊流。

冰冷的、鬼魂的手溫然地撫著我的頭，「別這樣，舒祈肯定覺得我在欺負你。」

但我還是哭，將所有的不堪重負、壓力和悲傷，在所剩無幾的故人面前，傾洩個痛快。

離去時，我鄭重許下承諾，這一切一定會有個盡頭。得慕勉強笑笑，看起來並不相信。

可是吧，每次我覺得撐不下去，想要將肩膀上的千斤重擔甩掉，就會想起下落不明的師傅，還有困在島底的管理者。我就覺得，其實我還能再撐一會兒。

果然，一切都有個盡頭。

再也用不著天柱和地維，世界完整了，眾生都安然入了輪迴。只有天女打下的這個最初的「椿」，必須去手動解除。

當我將舒祈從水晶裡拉出來時，得慕既沒有表情，也沒有動作，只是呆呆地看著她。

「我帶妳們回地上。」我終於，可以暢快地呼出一口長長的濁氣，歡快地、真正地笑起來。

一切都結束了。一切也都開始了。

舒祈腳不著地了半天，終於站穩。「把得慕帶上去吧。這麼長的光陰……她辛苦了。」得慕像是瞬間活過來，勃然大怒，「妳又想拋下我？別想！」

「可我不想去任何地方。」舒祈疲倦地席地坐下，「我只想睡覺，一直睡下去，永遠不要醒來……真的是好長、好長、好長一段時間啊。我真的對不起妳，我就是希望妳……」

得慕什麼話也沒說，只是抱著她，哭得很慘很慘。

後來我沒帶她們任何一個回來。我只知道，她們都睡得很熟、很熟，哪怕世界毀滅都不會驚醒她們。

但是重建的新都城有了新的都市傳說。據說有人夢見了死去的故人，愉快地居住在檔案夾裡，那是一個名為舒祈的管理者電腦，還有一個愛笑的少女管家，喜歡說，「衷心地為死後的您服務。」

國家圖書館出版品預行編目 (CIP) 資料

舒祈的靈異檔案夾 / 蝴蝶作 ; 古依平繪 .
-- 初版 . -- 新北市 : 悅智文化館 , 2020.02
192 面 ; 23×17 公分 . -- (蝴蝶美繪館 ;2)
藏愛插圖版
ISBN 978-986-7018-39-7(平裝)

863.57　　108022560

蝴蝶美繪館 2

舒祈的靈異檔案夾
藏愛插圖版

作　　者 / 蝴蝶
繪　　者 / 古依平
總 編 輯 / 徐昱
封面設計 / 古依平
執行美編 / 古依平

出 版 者 / 悅智文化事業有限公司
地　　址 / 新北市板橋區板新路 206 號 3 樓
電　　話 / 02-8952-4078
傳　　真 / 02-8952-4084
電子郵件 / sv5@elegantbooks.com.tw

戶　　名 / 悅智文化事業有限公司
劃撥帳號 / 19452608

初版一刷　2020 年 02 月　定價 380 元